John Buchan, geboren am 26. August 1875 im schottischen Perth, gestorben am 11. Februar 1940 in Montreal (Kanada). Der Autor von Thrillern und Abenteuerromanen verfasste außerdem Biographien und wissenschaftliche Studien und war als Herausgeber tätig. Buchan war Diplomat in Südafrika, Journalist, Kriegsberichterstatter im Ersten Weltkrieg, Mitarbeiter der staatlichen Propagandaabteilung, Chef des Nachrichtendienstes, konservativer Parlamentarier, Vertreter des Königs in der Generalsynode der Schottischen Kirche und als «Baron Tweedsmuir» schließlich Generalgouverneur von Kanada.

John Buchan

Der Übermensch

Thriller

Elsinor Verlag

Titel der englischen Originalausgabe
The Power-House

Der Roman *The Power-House* von John Buchan entstand 1913;
er wurde zunächst als Fortsetzungsroman in *Blackwood's Magazine*
veröffentlicht. Die Buchausgabe folgte dann 1916.

Übersetzung ins Deutsche
Jakob Vandenberg

Bibliografische Information der Deutschen Nationalbibliothek
Die Deutsche Nationalbibliothek verzeichnet diese Publikation in
der Deutschen Nationalbibliografie; detaillierte bibliografische Daten
sind im Internet unter www.dnb.de abrufbar.

© Elsinor Verlag, Coesfeld 2014
Alle Rechte vorbehalten

1. Auflage 2014

Umschlag und Satz: Elsinor Verlag, Coesfeld
Umschlaggestaltung unter Verwendung von «Night at Big Ben»,
© iStockphoto.com/Davor Lovincic
Printed in Germany
ISBN 978-3-942788-21-2

INHALT

Vorrede 7

1. KAPITEL Die Jagd ist eröffnet 9

2. KAPITEL Andrew Lumley 19

3. KAPITEL Eine Mittsommernacht 31

4. KAPITEL Die Spur des Butlers 50

5. KAPITEL Ein Gefährte 65

6. KAPITEL Das Restaurant in der Antioch Street 77

7. KAPITEL In Sicherheit 92

8. KAPITEL Das «Kraftwerk» 107

9. KAPITEL Die Heimkehrer 118

Zeittafel 122

VORREDE

Zu sechst waren wir in Glenaicill, um Enten zu jagen, als Leithen uns die folgende Geschichte erzählte. Seit fünf Uhr in der Früh hatten wir uns draußen auf den Schären aufgehalten; zurückgetrieben hatte uns ein Sturm, der sich daranmachte, unser Haus mitsamt den windgepeitschten Bäumen ringsum von seinem wahrlich beunruhigenden Platz auf einem Berg hinunterzuwehen. Eine nicht näher bestimmbare Mahlzeit, Mittag- und Abendessen in einem, nahm uns in Anspruch, bis das letzte Licht des Tages erloschen war. Anschließend begaben wir uns ins Raucherzimmer, wo wir den Abend schläfrig bei Tabak und Gesprächen verrinnen ließen.

Die Unterhaltung, so entsinne ich mich, kreiste zunächst um einige von Jims Jagdtrophäen, die uns im flackernden Feuerschein von den Wänden angrinsten, und als Jäger spannen wir unser Garn. Dann ergriff Hoppy Bynge, der im Jahr darauf auf dem Brahmaputra getötet wurde, das Wort und berichtete von seinen Taten auf Neuguinea, wo er versucht hatte, die Carstensz-Pyramide zu besteigen und wo er ein halbes Jahr im Schlamm zubringen musste. Jim erwiderte, er könne Schlamm nicht ausstehen – nichts sei schlimmer als ein Land, in dem einem die Stiefel verrotteten. (Im letzten Winter dürfte er aber an der Westfront bei Ypern genug davon abbekommen haben.) Man weiß ja, wie eine solche Erzählung die nächste hervorbringt, und schon bald schwelgten wir alle in Erinnerungen, denn fünf von uns waren weit in der Welt herumgekommen.

Alle – bis auf Leithen, jenen Mann, der es später zum Kronanwalt bringen sollte und von dem es heißt, eines Tages werde er noch den Sitz des Lordkanzlers im Oberhaus einnehmen. Ich glaube nicht, dass er jemals weiter gereist ist als nach Monte Carlo, aber auch er liebte Berichte aus fernen Ländern.

Jim hatte gerade eine ziemlich abenteuerliche Geschichte über seine Erfahrungen in einer Grenzkommission am Tschadsee beendet, und Leithen stand auf, um sich ein Getränk zu holen.

«Ihr Glückspilze», sagte er. «Ihr habt euer Leben wirklich genossen. Und ich quäle mich hier in der Tretmühle, seit ich die Schule hinter mir habe.»

Ich erinnerte ihn an Ehre und Ruhm.

«Aber ganz gleich», fuhr er fort, «einmal habe ich doch die Hauptrolle in einer ziemlich aufregenden Angelegenheit gespielt, und dafür musste ich London nicht einmal verlassen. Und das Schöne daran war, dass ein Mann damals in die Ferne reiste, um ein Abenteuer zu bestehen, aber nur wenige Spielzüge zu sehen bekam, während ich hier in der Kanzlei hockte und alles überblickte und die Fäden zog. ‹Auch jener dient, der wartend abseits steht›, heißt es doch bei Milton, nicht wahr?»

Und dann erzählte er uns seine Geschichte. Die Fassung, die ich hier vorlege, hat er später selbst aufgeschrieben, nachdem er noch einmal sein Tagebuch zu Rate gezogen hatte.

1. KAPITEL
DIE JAGD IST ERÖFFNET

Alles begann an einem Nachmittag Anfang Mai, als ich zusammen mit Tommy Deloraine aus dem Parlamentsgebäude heraus ins Freie trat. Ich war eher zufällig bei einer Nachwahl hineingeraten, obwohl ich in einem vermeintlich aussichtslosen Bezirk angetreten war, und da meine Karriere als Anwalt vor Gericht gerade Fahrt aufnahm, hatte ich alle Hände voll zu tun. Damals stand Tommy noch am Anfang seiner Laufbahn; er vertrat seinen angestammten Wahlkreis in Yorkshire und hatte an jenem Nachmittag eine ganz entsetzliche Laune. Vor den Türen empfing uns ein herrliches Frühlingswetter; auf dem Platz vor dem Parlament wucherte das Grün, dazwischen leuchteten fröhliche Farben, und von der Themse wehte eine leichte Brise herüber. Drinnen verrann die Zeit bei einer öden Debatte; ein Abgeordneter hatte zumindest einmal versucht, einen Streit mit dem Parlamentspräsidenten vom Zaun zu brechen. Jedenfalls hätte der Gegensatz zwischen den muffigen Sälen von Westminster und der heiteren Welt hier draußen selbst das Herz eines Vorsitzenden der Regierungsfraktion erweichen müssen.

Wie ein kräftiger Hirsch reckte Tommy die Nase in die Frühlingsluft.

«Das gibt mir den Rest», stöhnte er. «Was für ein Idiot muss ich sein, hier zu verschimmeln! Unser Stern heißt Joggleberry, Zierde und Gipfel des Hohen Hauses. Und all die verstaubten Figuren auf den hinteren Bänken! Hat man je ein derart von Motten zerfressenes altes Museum gesehen?»

«Es handelt sich immerhin um das Mutterhaus aller Parlamente», warf ich ein.

«Verdammtes Affenhaus», widersprach Tommy. «Ich muss einfach eine Zeitlang verschwinden, sonst ziehe ich Joggleberry noch die Kappe übers Maul, oder ich beantrage ein

Nationaldenkmal für Guy Fawkes oder verlege mich auf eine andere Albernheit.»

Die nächsten ein oder zwei Tage lief er mir nicht mehr über den Weg, doch dann rief er mich eines morgens an und forderte mich in sehr bestimmtem Ton auf, mit ihm zu Abend zu essen. Ich ging hin, wusste aber schon vorher, was mich erwartete. Tommy würde am nächsten Tag aufbrechen, um am Äquator Löwen zu schießen oder etwas Ähnliches zu treiben, was mit seinen Pflichten kaum zu vereinbaren war. Im Grunde war seine Bekanntschaft nicht besonders förderlich für einen friedliebenden und sesshaften Mann wie mich; Tommy konnte zwar arbeiten wie ein Berserker, wenn ihm gerade danach war, aber er blieb einer Sache niemals lange treu. Er war imstande, innerhalb einer einzigen Woche einen Staatssekretär mit Anfragen zu Pferden in der Armee zu belästigen, die Presse mit umfangreichen Mitteilungen über ein Gewehr zu behelligen, das er höchstpersönlich erfunden hatte und mit dem man Flugzeuge vom Himmel holte, einen Kostümball zu geben, den er dann selbst vergaß, und ins Halbfinale eines Tennisturniers einzuziehen. Jeden Tag wartete ich darauf, dass er endlich eine neue Religion in die Welt setzte.

Ich erinnere mich noch, dass an jenem Abend eine merkwürdige Gästeschar bei Tommy versammelt war. Dort saß ein Minister, ein sanfter Mann, den Tommy öffentlich verspottete und privat über die Maßen schätzte, außerdem gab es einen Seemann, irgendjemanden von der indischen Kavallerie, den Labour-Abgeordneten Chapman, den Tommy nur «Chipmunk» nannte, das Streifenhörnchen, und schließlich mich selbst und den alten Milson aus dem Finanzministerium. Unser Gastgeber war in Hochform, er scherzte mit jedem und provozierte Chipmunk immer wieder zu schallendem Gelächter. In Yorkshire waren die beiden Nachbarn, und vor Publikum zankten sie miteinander wie die Kesselflicker.

Tommy schwang Reden über die Verkehrtheit des zivilisierten Lebens. Er behauptete, keiner von uns, abgesehen vielleicht vom Seefahrer und dem Kavalleristen, übe den Beruf aus, für den er eigentlich bestimmt sei. Wytham – der Minister – taugte in seinen Augen eher zu einem Kardinal der römisch-katholischen Kirche, und Milson ernannte er zum Dekan einer Hochschule, deren geistige Höhenflüge der Portwein befeuerte. Mir wies er freundlicherweise einen Posten in irgendeinem Generalstab zu, nur weil ich mich gern mit Militärgeschichte befasste. Tommys Blick drang wahrlich nicht in die Tiefe. In Chapman erkannte er den kalifornischen Waldarbeiter. «Mein lieber Chipmunk», schwadronierte er, «Sie wären wahrlich ein außergewöhnlicher Holzfäller, während Sie jetzt nur einen verdammt schlechten Politiker abgeben.»

Als die Sprache auf ihn selbst kam, verweigerte er, wie das in den Zeitungen oft heißt, jede Stellungnahme. «Ich weiß gar nicht, ob es überhaupt etwas gibt, worin ich gut wäre», gestand er, «außer darin, meine Freunde aufzuheitern. Aber wie dem auch sei, ich werde mich erst einmal aus diesem Loch befreien. Die ganze Zeit bis zu den Parlamentsferien mit einem Kerl zusammenhocken, der das Maul nicht mehr schließen kann? Ich verschwinde, um einmal die Beine auszustrecken und mein Gespür für die wahren Verhältnisse wiederzugewinnen.»

Irgendjemand fragte, wohin er denn gehen werde. «Nach Venezuela, Staatsanleihen kaufen und Vogelnester suchen», lautete die Antwort.

Niemand nahm Tommy ernst, und so gaben die Gäste sich auch keinerlei Mühe, ihm auf eine Art Lebewohl zu sagen, wie sie sich vor einer längeren Reise durchaus gehört hätte. Doch nachdem die übrigen Gäste sich verabschiedet hatten und wir es uns in seinem kleinen Raucherzimmer im Erdgeschoss gemütlich machten, wurde Tommy auf einmal sehr ernst. Auf geradezu pathetische Weise ernst, denn er zog seine Augenbrauen in die Höhe und ließ sein Kinn herabfallen, wie er es immer tat, wenn er einen feierlichen Ausdruck annehmen wollte.

«Ich habe eine merkwürdige Sache übernommen, Leithen», begann er, «und ich möchte, dass du davon weißt. Meine

Familie hat nicht die leiseste Ahnung, und ich hätte hier gern jemanden, der meinen Spuren folgt, falls die Geschichte brenzlig wird.»

Ich machte mich auf irgendeine abstruse Mitteilung gefasst, denn ich kannte Tommys Launen. Ich muss aber gestehen, dass ich vollkommen überrascht war, als er von mir wissen wollte, ob ich mich noch an Pitt-Heron erinnerte.

Natürlich erinnerte ich mich noch sehr gut an Pitt-Heron. Wir hatten zusammen in Oxford studiert, er zählte allerdings nicht zu meinen engsten Freunden, obwohl Tommy und er fast zwei Jahre lang nahezu unzertrennlich waren. Pitt-Heron galt als ausgesprochen gewitzt, und zwar bei uns allen, nur nicht bei seinen Dozenten im College. Seine Ferien verbrachte er mit irgendwelchen verrückten Abenteuern in den Alpen und auf dem Balkan, und anschließend schrieb er dann in der Regenbogenpresse über seine Erlebnisse. Er war außerordentlich wohlhabend – Baumwollspinnereien und Pachteinkünfte vom Grundbesitz in Liverpool –, und da er keinen Vater besaß, tat er so ziemlich alles, was er sich in den Kopf gesetzt hatte. Eine Zeitlang galt er sogar als eine Art Held, denn er hatte eine abenteuerliche Reise nach Afghanistan unternommen und anschließend ein spannendes Buch darüber verfasst.

Dann heiratete er eine hübsche Cousine von Tommy, zufällig das einzige weibliche Wesen, das ich selbst jemals in mein steinernes Herz geschlossen hatte, und ließ sich in London nieder. Ich verkehrte nicht in seinem Haus und fand bald heraus, dass kaum jemand aus dem Kreis seiner alten Freunde noch in Verbindung zu ihm stand. Mit seinen Reisen und den Zeitungsartikeln war es jedenfalls schlagartig vorbei, und ich schob das auf häuslichen Sinn und erfolgreiche Domestizierung. Aber ich hatte mich offenbar getäuscht.

«Charles Pitt-Heron», sagte Tommy, «steckt knietief im allergrößten Schlamassel.»

Ich fragte ihn, um was für Schwierigkeiten es sich denn handle, und Tommy gestand mir, er wisse es nicht. «Das ist ja das Elend. Du weißt doch noch, was für ein wilder Kerl er damals war – immer gut gelaunt und unterwegs zu den höchsten Gipfeln oder sonst wohin. Nun, in letzter Zeit hatte er sein Feuer herunterbrennen lassen und den ehrbaren Bürger gegeben, aber weiß Gott, was dabei in seinem Kopf vorgegangen ist! Ich bin häufig am Portman Square, aber seit einem Jahr wurde er immer seltsamer.»

Auf Fragen nach der Natur dieser Seltsamkeit brachte ich nur heraus, dass Pitt-Heron sich mit einiger Begeisterung den Wissenschaften zugewandt hatte.

«Er hat sich in einem Zimmer hinten im Haus, im ehemaligen Billardzimmer, ein Laboratorium eingerichtet, und er arbeitet dort halbe Nächte lang. Und was für Leute dort verkehren! Heidenvolk – Chinesen und Türken und langhaarige Kerle aus Russland und fette Deutsche. Ein paar Mal bin ich der Bande dort begegnet. Alle seltsam verschwiegen, und Charlie wird ihnen immer ähnlicher. Er beantwortet keine einfachen Fragen mehr und schaut einem auch nicht mehr direkt in die Augen. Ethel hat es auch schon bemerkt, und sie hat oft mit mir darüber gesprochen.»

Ich erwiderte, an einem solchen Hobby könne ich nichts Anrüchiges finden.

«Ich schon», sagte Tommy finster. «Jedenfalls ist der Knabe mittlerweile auf und davon.»

«Was zum Teufel ...», begann ich, wurde aber sofort unterbrochen.

«Auf und davon, ohne ein Sterbenswörtchen zu sagen. Gestern hat er Ethel versprochen, zum Mittagessen zurück zu sein, aber er ist nicht mehr gekommen. Sein Diener wusste von nichts, er hatte nicht für ihn gepackt – aber dann stellte er fest, dass Charles ein paar Sachen in einen Seesack gestopft haben musste und durchs Hinterhaus verschwunden ist. Ethel war außer sich und hat mich gleich holen lassen, und ich bin den ganzen Nachmittag allen möglichen Spuren gefolgt wie ein Wolf auf der Jagd. Immerhin habe ich herausgefunden, dass er auf der Bank einen großen Betrag in Gold abgehoben hat, weitere Hinweise fand ich nicht.

Heute morgen wollte ich gerade Scotland Yard aufsuchen, als der Diener Tomlin mich anrief; in der Weste, die Charles am Tag vor seinem Verschwinden trug, hatte er eine Karte entdeckt. Darauf stand ein Name, der so ähnlich klingt wie Konalevski, und da fiel mir ein, dass sie vielleicht bei der Russischen Botschaft etwas über die Geschichte wissen. Ich ging also dorthin, und nach vielem Hin und Her fand ich heraus, dass es unter den Angestellten dort tatsächlich einen Burschen mit diesem Namen gibt. Den fragte ich also, und er gestand mir, dass man ihn vor zwei Tagen mit einem Brief aus der Botschaft zu Pitt-Heron geschickt hatte. Dummerweise war der Absender am nächsten Tag nach New York aufgebrochen, aber Konalevski gab mir einen Hinweis, der die Angelegenheit etwas klarer werden ließ. Offenbar enthielt der Briefumschlag einen dieser Pässe, die Botschaften bevorzugten Persönlichkeiten ausstellen – also kein einfaches Reisedokument, wie jedermann es bekommt –, und aus irgendwelchen Hinweisen, die Konalevski mitgehört hatte, schloss er, dass Charles auf dem Weg nach Moskau ist.»

Tommy schwieg, um die Nachricht wirken zu lassen.

«Nun, das hat mir gereicht. Morgen fahre ich nach Moskau, um ihn aufzuspüren.»

«Aber warum sollte jemand denn nicht nach Moskau reisen, wenn er das möchte?» warf ich zögernd ein.

«Du verstehst mich nicht», erklärte der kluge Tommy. «Du kennst den alten Charles nicht so, wie ich ihn kenne. Er ist in einer seltsamen Verfassung, und keiner kann abschätzen, welches Unheil er dort anrichten wird. Er ist gut und gern dazu in der Lage, in Armenien oder sonst wo eine Revolution anzuzetteln, nur um herauszufinden, wie man sich als Revolutionär fühlt. Das ist ja gerade das Üble an solch einer ‹künstlerischen Ader›. Aber egal, er wird sein Vorhaben natürlich wieder hinschmeißen. Nur möchte ich nicht, dass Ethel sich seiner

Launen wegen zu Tode ängstigt. Also schleppe ich ihn von Moskau wieder zurück nach Hause, selbst wenn ich behaupten müsste, er sei ein entflohener Irrsinniger. Vermutlich ist er ja dieses Mal nicht weit davon entfernt, wo er doch praktisch ohne Kleidung gereist ist.»

Was ich darauf antwortete, habe ich vergessen, aber es war wohl eine Mahnung zur Vorsicht. Mir war der Sinn dieser Heldentaten nicht klar. Pitt-Heron interessierte mich nicht sonderlich, und Tommys Rolle als Schutzherr des häuslichen Friedens amüsierte mich. Ich glaubte, er bewege sich auf sehr dünnem Eis, was die Beweise anlangte, und er würde sich dabei lächerlich machen.

«Bestimmt ist das wieder nur eine der Marotten dieses Herrn», sagte ich. «Er ist noch nie wie ein gewöhnlicher Sterblicher an eine Sache herangegangen. Was könnte denn dahinterstecken? Geldprobleme?»

«Reich wie Krösus», erwiderte Tommy.

«Eine Frau?»

«Blind wie ein Maulwurf gegenüber weiblichen Reizen.»

«Schwierigkeiten mit dem Gesetz?»

«Glaube ich nicht. Er könnte jedes gewöhnliche Problem mit einem Scheck lösen.»

«Dann kapituliere ich. Was auch immer dahintersteckt, ich fürchte, Pitt-Heron bleibt nicht der einzige Unglückliche, wenn du dich in diese Angelegenheit einmischst. Ich plädiere sehr dafür, dass du dir Urlaub nimmst, denn zur Zeit bist du deinen Freunden ein Ärgernis und eine Schande für die legislative Gewalt dieses Landes. Aber zügle doch bitte deine Neigung zur Romantik! In Russland hat man keinen Sinn dafür.»

Am nächsten Morgen tauchte Tommy bei mir in der Kanzlei auf. Die Aussicht auf eine Reise stieg ihm immer zu Kopf wie Wein. Er war glänzender Laune, und sein Ärger über den entlaufenen Pitt-Heron war der Dankbarkeit dafür gewichen, dass er nun eine Aufgabe vor sich sah. Jetzt redete er davon, dass er

Pitt-Heron in den Kaukasus mitnehmen wolle, um dort das Verhalten der kaukasischen Hirsche zu studieren.

Ich entsinne mich der Szene noch, als sei es gestern gewesen. Es war ein heißer Vormittag im Mai, die Sonne brach durch die schmutzigen Fensterscheiben von Fountain Court und warf ihr Licht auf den Staub und Schmutz meines Arbeitszimmers. Ich war damals ziemlich beschäftigt, und mein Schreibtisch war mit Aktenvermerken übersät. Tommy griff sich einen davon und las ihn. Er handelte von einem neuen Entwässerungssystem in West Ham. Tommy ließ das Blatt fallen und betrachtete mich voller Mitleid.

«Armer alter Knabe!» rief er. «Du verbringst deine Tage mit diesem Kram, während die Welt randvoll ist mit unterhaltsamen Dingen. Lärmend tobt das Leben um uns herum, in deiner stickigen Bude hörst du aber allenfalls ein Echo. Du kannst ja die Sonne kaum sehen mit all den Spinnweben an deinen Fenstern. Charles ist ein Narr, aber ich will verflucht sein, wenn er nicht klüger ist als du. Würdest du mich nicht gern begleiten?»

Merkwürdigerweise hätte ich das damals wirklich gern getan. Ich erinnere mich auch deshalb noch so genau an jenen Morgen, weil dies einer der wenigen Momente war, in denen ich so etwas wie Unzufriedenheit mit meinem selbst gewählten Beruf verspürte. Als Tommys Schritte im Treppenhaus verhallten, hatte ich plötzlich das Gefühl, dass mir etwas fehlte – ein Gefühl, als sei ich irgendwie zurückgelassen worden. Ein solches Gefühl ist unangenehm, selbst wenn man weiß, dass die Sache, die einem entgeht, nicht viel mehr ist als eine Dummheit.

Tommy brach um elf Uhr von Victoria Station auf, und meine Arbeit konnte ich an jenem Tag vergessen. Ich war auf unerklärliche Weise unruhig, und nicht nur wegen Tommys Abreise. Meine Gedanken kreisten um die beiden Pitt-Herons – hauptsächlich um Ethel, jenes anbetungswürdige Geschöpf, das auf so unnatürliche Weise an einen verstockten Egoisten gekettet war – und sie wanderten auch zu jenem Egoisten selbst. Ich habe nie sehr unter Launen gelitten, doch plötzlich verspürte ich ein eigenartiges Interesse an dieser Angelegenheit – ein unfreiwilliges Interesse, denn tief in meinem Innersten bereute ich meine skeptische Zurückhaltung der vergangenen Nacht. Nein, es war sogar mehr als ein Interesse. Es war wohl eine Art Vorahnung, dass ich tiefer in diese Dinge verstrickt werden würde, als mir lieb war. Natürlich beharrte ich mir selbst gegenüber darauf, dass das Leben eines fleißigen Rechtsanwalts kaum zu den Streifzügen zweier Wahnsinniger durch Moskau passte. Doch so sehr ich mich auch bemühte, die Idee bekam ich nicht mehr aus dem Kopf. In jener Nacht begleitete sie mich in meine Träume, und ich sah mich mit einer Knute in der Hand Tommy und Pitt-Heron in eine russische Festung hineintreiben, deren Bild allmählich die Konturen des Carlton-Hotels annahm.

Am nächsten Nachmittag lenkte ich wie zufällig meine Schritte in die Richtung des Portman Square. Ich wohnte damals in der Down Street, und ich redete mir ein, ein Spaziergang durch den Park vor dem Mittagessen könne mir nicht schaden. Im Hinterkopf trug ich dabei wohl die Absicht, Pitt-Herons Frau zu treffen, denn obwohl ich ihr seit ihrer Hochzeit nur zweimal begegnet war, waren wir doch früher einmal eng befreundet gewesen.

Als ich bei ihr eintrat, war sie allein, eine ratlose und traurige Dame, die mich flehend anblickte. In ihren Augen lag die Frage, wie viel ich wohl wissen mochte. Ich gestand ihr also sofort, dass ich mit Tommy gesprochen hatte und um seine Absicht wusste. Und ich fügte noch hinzu, dass sie jederzeit auf mich zählen dürfe, sollte es etwas geben, was sie diesseits des Ärmelkanals erledigt wissen wollte.

Sie hatte sich kaum verändert – die gleiche exquisit-schlanke Figur und die alte scheue Höflichkeit. Neues hörte ich von ihr allerdings nicht: Charles war immer in irgendwelche Geschäfte vertieft und wurde zusehends vergesslich. Sie war überzeugt davon, die Reise nach Russland sei nichts als ein dummer

Irrtum. Vermutlich sei er sich ganz sicher, ihr von seiner Abreise erzählt zu haben. Bestimmt würde er bald schreiben; sie erwarte jeden Tag seinen Brief.

Doch ihr verstörter Blick strafte die eigenen Worte Lügen. Ich konnte nämlich förmlich spüren, dass es im Hause der Pitt-Herons in letzter Zeit zu unangenehmen Vorfällen gekommen war. Entweder wusste sie Näheres, oder sie fürchtete etwas; vermutlich Letzteres, dachte ich, denn ich spürte an ihr eher Angst als schmerzliche Erkenntnis.

Ich blieb nicht lange, und auf dem Heimweg hatte ich das unangenehme Empfinden, mich aufgedrängt zu haben. Außerdem war ich mir allmählich sicher, dass Unannehmlichkeiten ins Haus standen und dass Tommy mit größerem Recht abgereist war, als ich ihm anfangs zugetraut hatte. Ich blickte zurück und versuchte, mich an Pitt-Heron zu erinnern, doch ich fand nicht mehr als das Bild einer ebenso brillanten wie unangenehmen Person, die für meinen nüchternen Geschmack ein wenig zu verliebt in die Neben- und Seitenwege des Lebens war. Er wanderte nicht unbedingt auf krummen Pfaden, aber manches an ihm schien durchaus anrüchig zu sein. Ich entsinne mich noch, wie ich mich mit dem Gedanken tröstete, dass er mit seinen exzentrischen Launen die Nerven seiner Frau ruinieren, aber ihr doch zumindest kaum das Herz brechen würde.

Ich beschloss also, auf der Hut zu sein. Und ich wurde das Gefühl nicht los, dass ich schon sehr bald allen Grund zur Wachsamkeit haben sollte.

2. KAPITEL
ANDREW LUMLEY

Zwei Wochen später – um genau zu sein, am 21. Mai – tat ich etwas, das ich normalerweise selten tue: Wegen einer Verhandlung vor einem Amtsgericht fuhr ich in den Londoner Süden. Es handelte sich um einen ganz gewöhnlichen Taxiunfall, und da die Anwälte des Unternehmens wiederum zu meinen Mandanten zählten und ihr junger Kollege krank danieder lag, hatte ich den Fall übernommen, um ihnen einen Gefallen zu tun. Es begann wie üblich mit einem langatmigen Streit um die Feststellung des Sachverhalts. Ein leeres Taxi, das langsam auf der richtigen Seite der Straße gefahren war und an jeder Straßenecke ordnungsgemäß gehupt hatte, war vom Kraftfahrzeug eines Privatmannes gerammt worden, das aus einer Seitenstraße herausgeschossen kam. Das Taxi hatte sich bei diesem Zusammenprall um die eigene Achse gedreht, die Motorhaube hatte beträchtlichen Schaden davongetragen, und der Fahrer hatte sich die Schulter verrenkt. Das besonders Missliche am Hergang lag jedoch in dem Umstand, dass der Wagen des Unfallverursachers nicht einmal angehalten hatte, um den Schaden zu begutachten, sondern pflichtwidrig seine Fahrt fortgesetzt hatte, so dass die Londoner Polizei eingreifen musste, um den Täter dingfest zu machen. Es stellte sich heraus, dass das Fahrzeug einem gewissen Julius Pavia gehörte, einem Kaufmann im Ruhestand, der mit Ostindien gehandelt hatte und der in einer großzügigen Villa in der Nähe von Blackheath wohnte. Zum Zeitpunkt des Unfalls hatte sein Butler am Steuer gesessen. Das Taxiunternehmen klagte gegen den Eigentümer auf Schadenersatz.

Der Butler namens Tuke was der einzige Zeuge der Verteidigung. Er war ein hochgewachsener Mann mit langem, schmalem Gesicht und einem Kiefer, dessen zwei Teile nicht recht aufeinander zu passen schienen. Wortreich entschuldigte er seinen Herrn, der im Ausland weilte. Offenbar hatte er am fraglichen Morgen – es war der 8. Mai – Anweisungen von Herrn Pavia erhalten, einem Bahnreisenden, der mit dem *Continental Express* in Victoria abfahren wollte, eine Botschaft zu überbringen; dieser Nachricht wegen war er in so großer Eile, als er mit dem Taxi zusammenstieß. Er sei sich damals keines Schadens bewusst gewesen, habe nur eine leichte Berührung der beiden Fahrzeuge wahrgenommen, und im Namen seines Herrn unterwarf er sich dem Urteil des Gerichts.

Der Fall war ganz alltäglich, doch Tuke war weiß Gott kein alltäglicher Zeuge. Er wirkte überhaupt nicht wie ein traditioneller Butler, vielmehr ähnelte er jenen erfolgreichen Finanzleuten, deren Porträts man in den Zeitschriften bewundern kann. Seine kleinen Augen bewegten sich rasch und verrieten Intelligenz, die Linien um seinen Mund dagegen zeugten von der Skrupellosigkeit eines Mannes, der häufig mit heiklen Aufgaben betraut wird. Seine Geschichte klang vollkommen schlicht, und meine Fragen beantwortete er mit ernsthafter Freimütigkeit. Der Zug, den er erreichen musste, hatte Victoria vormittags um elf Uhr verlassen – und es war genau jener Zug, mit dem auch Tommy aufgebrochen war. Der Reisende, dem er die Botschaft überbringen sollte, war ein gewisser Wright Davies, ein Amerikaner. Sein Herr, Mr. Pavia, weilte noch in Italien und würde schon bald wieder in London eintreffen.

Die Angelegenheit war in zwanzig Minuten abgetan, und doch nimmt der Fall in meiner gesamten beruflichen Laufbahn eine gewisse Sonderstellung ein. Ich empfand nämlich eine vollkommen unerklärliche Abneigung gegenüber diesem so zuvorkommenden Butler. Ich nahm ihn recht grob ins Kreuzverhör und wurde ausfallend, obwohl er mir stets nur höflich antwortete. Am Ende verlor ich die Geduld, sehr zur Überraschung des vorsitzenden Richters. Auf dem Rückweg ärgerte und schämte ich mich deswegen. Unterwegs erst wurde mir bewusst, dass der Unfall tatsächlich am gleichen Tag stattgefunden hatte, als

Tommy London verließ. Diese Gleichzeitigkeit blitzte aber nur kurz als Erkenntnis in mir auf, denn beide Ereignisse konnten ja weiß Gott nicht miteinander verknüpft sein.

An jenem Nachmittag verschwendete ich einige Zeit damit, Mr. Pavia im Londoner Adressbuch ausfindig zu machen. Er war in der Vorstadt als Bewohner eines herrschaftlichen Anwesens verzeichnet, das den Namen *White Lodge* trug. Eine Adresse in der Stadt fand sich nicht; er hatte sich also offenkundig aus dem Geschäftsleben zurückgezogen. Meiner Gereiztheit gegenüber dem Zeugen wegen war ich nun neugierig auf seinen Herrn. Er trug einen merkwürdigen Namen – vielleicht italienischer, vielleicht auch indischer Herkunft. Ich fragte mich, wie er wohl mit seinem tüchtigen Butler zurechtkam. Wäre Tuke mein Diener, ich hätte ihm binnen einer Woche den Hals umgedreht oder selbst die Flucht ergriffen.

Ist Ihnen schon einmal aufgefallen, dass Sie einen ungewöhnlichen Namen nur einmal zu hören brauchen, und Sie werden ihm dann eine Zeitlang immer wieder begegnen? Ich hatte einmal mit einem Fall zu tun, bei dem einer der Beteiligten Jubber hieß. Diesen Namen hatte ich nie zuvor gehört, doch noch bevor der Fall abgeschlossen war, begegnete ich zwei weiteren Jubbers. Jedenfalls war ich am Tag nach besagtem Gerichtstermin in Blackheath mit einer bedeutsamen Börsenangelegenheit befasst, bei welcher der tatsächliche Inhaber gewisser Pfandbriefe festzustellen war. Die Angelegenheit war äußerst diffizil, aber damit möchte ich hier niemanden behelligen; in diesem Zusammenhang waren eine Reihe direkter Konsultationen mit meinen Mandaten erforderlich, einer Gruppe angesehener Börsenmakler. Sie brachten ihre Bücher mit, und in meiner Kanzlei wimmelte es plötzlich von eleganten Herren, die ein seltsames Kauderwelsch sprachen.

Ich hatte herauszubringen, wie meine Mandanten mit einer bestimmten Art von Inhaberwertpapieren verfuhren, und sie legten ihre Geschäftspraktiken vorbehaltlos offen. Mich überraschte es nicht, dass Pitt-Heron ganz oben auf ihren Ranglisten auftauchte. Mit seinem Vermögen spielte er in der City eine gewichtige Rolle. Nun verspürte ich zwar nicht das geringste Verlangen, in Pitt-Herons Privatangelegenheiten herumzuschnüffeln, schon gar nicht in seinen finanziellen Verhältnissen, doch sein Name geisterte in jenen Tagen immer wieder durch meine Gedanken, und so konnte ich kaum anders, als die Unterlagen, die man vor mir ausbreitete, neugierig in Augenschein zu nehmen. Offenbar hatte er die fraglichen Pfandbriefe in beträchtlichem Umfang erworben. Ich war so indiskret, die Frage zu stellen, ob Mr. Pitt-Heron diese Strategie schon seit langem verfolge, und bekam zur Antwort, er habe mit dem Kauf der Papiere vor etwa sechs Monaten begonnen.

«Mr. Pitt-Heron», ergänzte der Makler noch, «stimmt seine finanziellen Transaktionen immer eng mit einem anderen unserer geschätzten Klienten ab, Mr. Julius Pavia. Beide goutieren diese Art von Wertpapieren außerordentlich.»

Im ersten Moment nahm ich kaum Notiz von diesem Namen, doch später, nach dem Abendessen, brachte die Verbindung mich ins Grübeln. Immerhin kannte ich also jetzt einen von Charles' geheimnisvollen Freunden mit Namen.

Die Entdeckung war allerdings nicht sonderlich vielversprechend. Ein Ostindien-Händler im Ruhestand, das ließ keine phantastischen Geheimnisse vermuten; trotzdem fragte ich mich jetzt, ob Charles' Beschäftigungen, von denen Tommy berichtet hatte, nicht doch mit finanziellen Sorgen zusammenhingen. Natürlich glaubte ich nicht, dass das beträchtliche Vermögen Pitt-Herons ernsthaft in Gefahr war oder dass seine Flucht etwas mit Zahlungsschwierigkeiten zu tun hatte, doch immerhin konnte er in irgendwelche dunklen Geschäfte hineingeraten sein, die seine empfindsame Seele belasteten. Aus irgendeinem Grund konnte ich mir Mr. Pavia einfach nicht als vollkommen unbescholtenen älteren Herrn vorstellen; sein Butler wirkte dafür einfach zu bedrohlich. Womöglich hatte

Pavia ja versucht, Pitt-Heron zu erpressen, und dieser war abgereist, um sich aus den Klauen des Gegners zu befreien.

Aber warum nur? Ich hatte nicht die geringste Ahnung, welche Begebenheiten aus Charles' Vergangenheit sich zur Erpressung eigneten, und die Vorstellungen, die mir durchs Hirn schossen, waren zu bizarr, um sie ernsthaft in Erwägung zu ziehen. Letztlich hielt ich nichts in Händen als einige sehr dürftige Grundlagen für Mutmaßungen. Pavia und Pitt-Heron waren miteinander befreundet; Tommy war abgereist, um Pitt-Heron zu suchen; Pavias Butler hatte die hiesige Straßenverkehrsordnung gebrochen, um – aus welchem Grund auch immer – die Abfahrt jenes Zuges nicht zu verpassen, mit welchem Tommy aufgebrochen war. Ich entsinne mich noch, dass ich dieser Verdächtigungen wegen über mich selbst ins Lachen geriet und dass mir der Gedanke kam, Tommy würde bestimmt keine meiner Klagen über sein sprunghaftes Wesen mehr ernst nehmen, falls er meine Gedanken zu lesen verstünde.

Trotzdem ging mir die Angelegenheit nicht mehr aus dem Kopf, und noch in der gleichen Woche stattete ich Mrs. Pitt-Heron erneut einen Besuch ab. Von ihrem Mann hatte sie immer noch nichts gehört, nur von Tommy lagen ein paar Zeilen vor, in denen er ihr seine Moskauer Adresse mitteilte. Für das arme Kind war die Angelegenheit natürlich schrecklich. Der Welt gegenüber musste sie weiterhin lächeln und eine glaubwürdige Geschichte vorbringen, um die Abwesenheit ihres Mannes zu erklären, während doch gleichzeitig Angst und Schrecken ihr Herz bedrängten. Ich fragte sie, ob sie jemals einem Mr. Pavia vorgestellt worden sei, doch der Name sagte ihr nichts. Von den Geschäften ihres Mannes wusste sie ebenso wenig, doch auf meine Bitte hin befragte sie seine Vermögensverwalter bei der Bank; schon am nächsten Tag ließ sie mich wissen, alle finanziellen Angelegenheiten seien in bester Ordnung. Zahlungsschwierigkeiten hatten ihn jedenfalls nicht ins Ausland getrieben.

Einige Tage später gelang mir durch puren Zufall, was Seeleute eine «Kreuzpeilung» nennen. Damals war ich nebenher als *advocatus diaboli* für den Generalstaatsanwalt tätig; ich verfasste entsprechende Anmerkungen zu Fällen, die ihm aus den verschiedenen Ministerien zugegangen waren. Die Aufgabe war undankbar, galt aber unter ehrgeizigen Anwälten als karrieredienlich. Auf diesem wenig spektakulären Wege erhielt ich den ersten Hinweis auf einen weiteren Freund von Charles.

Ich hatte mir nämlich die Unterlagen zur Verhaftung eines deutschen Spions in Plymouth schicken lassen. In jenen Tagen schwoll die Zahl umherstreifender Teutonen auf geradezu erstaunliche Weise an; sie gerieten dabei in kompromittierende Situationen und luden schwere Sorgen auf die Häupter der Admiralität und der Herren im Kriegsministerium. Dieser Fall nun unterschied sich von den gewöhnlichen durch den höheren gesellschaftlichen Rang des Angeklagten. Normalerweise tarnt sich ein Spion als Fotograf oder Handlungsreisender, der bierselige kleine Beamte zu vertraulichen Bemerkungen verleitet. Dieser Mann aber war ein waschechter Professor einer berühmten deutschen Universität, ein Herr von tadellosen Manieren, hoher Bildung und gewinnendem Auftreten, der mit Hafenbeamten getafelt und mit den Töchtern von Admirälen getanzt hatte.

Ich habe die Beweise vergessen und alles, was nach Ansicht der Ankläger einen Verdacht begründen sollte; es kommt darauf auch nicht an, denn der Verdächtige wurde freigesprochen. Was mich damals viel mehr interessierte, waren die persönlichen Referenzen dieses Mannes. Er trug eine ganze Reihe von Empfehlungsschreiben bei sich. Eines stammte von Pitt-Heron und war an den Seefahrer-Onkel seiner Frau gerichtet; und auf die Nachricht von seiner Verhaftung hin ging sogleich das Telegramm eines Engländers ein, der die gesamten Kosten für die Verteidigung übernahm. Dieser Herr war ein gewisser Andrew Lumley, und den Papieren, die man mir schickte, entnahm ich, er sei ein wohlhabender Junggeselle, Mitglied im Athenaeum-Club und im Carlton-Club und wohnhaft im Hotel Albany.

Bis vor wenigen Wochen wusste ich nicht das Geringste über die Kreise, in denen Pitt-Heron sich bewegte, und ganz plötzlich ergaben sich hier also drei weitere Hinweise, zufällig gerade jetzt, da mein Interesse geweckt war. Jedenfalls war meine Jagdleidenschaft erwacht, denn im Grunde seines Herzens hält jeder Mann sich für den geborenen Detektiv. Ich hielt also fortan Ausschau nach den wenigen Freunden Pitt-Herons, und da dieser den Spion kannte und der Spion mit Mr. Lumley in Kontakt stand, hielt ich es für nicht unwahrscheinlich, dass auch Pitt-Heron und Lumley einander kannten. Ich informierte mich also über Lumley; er wohnte tatsächlich im Albany, war Mitglied in einem halben Dutzend Clubs und besaß ein Landhaus in Hampshire.

Ich verstaute den Namen also in einem Fach meines Gedächtnisses und fragte ein paar Tage lang jeden, der mir über den Weg lief, nach dem Wohltäter im Albany. Ich hatte zunächst keinen Erfolg – bis ich am Samstag im Club zu Mittag aß und den Kunstkritiker Jenkinson traf.

Ich habe bisher nicht erwähnt, dass ich seit jeher ein Liebhaber der Künste war, wenn auch mit bescheidenen Kenntnissen. Ich habe mich inzwischen als Sammler von Drucken und Miniaturen versucht, doch zu jener Zeit galt mein Interesse vor allem altem Wedgwood-Porzellan, und ich besaß bereits einige sehr schöne Stücke. Es gibt nur wenige Menschen, die ernsthaft «Old Wedgwood» sammeln, aber diese wenigen neigen zu einer leidenschaftlichen Besessenheit. Wann immer eine große Sammlung auf den Markt kommt, erzielt sie hohe Preise, aber die Stücke verteilen sich auf nicht mehr als ein halbes Dutzend Käufer. Wedgwoodianer kennen einander, und sie sind weniger raffgierig und hinterlistig als die meisten anderen Sammler. Unter allen, die mir jemals begegnet sind, war Jenkinson der leidenschaftlichste; stundenlang konnte er über die Oberflächen von Jaspis dozieren und sich über die unterschiedlichen Vorzüge einer blauen oder grünen Grundierung auslassen.

An jenem Tag war er in glänzender Stimmung. Während der Mahlzeit plauderte er ununterbrochen über die

Wentworth-Auktion, an welcher er in der Woche zuvor teilgenommen hatte. Dort hatte er zwei prachtvolle Plaketten nach einem Entwurf von Flaxman gesehen, die ihn begeisterten. Urnen und Medaillons und was sonst noch zum Verkauf stand waren an diesen und jenen Liebhaber gegangen, und Jenkinson konnte sogar die Preise nennen, aber die Plaketten hatten es ihm besonders angetan, und er war aufgebracht darüber, dass der Staat sie nicht erwerben wollte. Offenbar hatte er in South Kensington und im Britischen Museum und bei allerlei hochgestellten Persönlichkeiten vorgesprochen, und er hoffte immer noch, die Behörden zu einem Angebot drängen zu können, sollte der Erwerber die Stücke weiterverkaufen. Lutrin hatte sie im Auftrag eines bekannten Privatsammlers erworben, und dessen Name lautete Andrew Lumley.

Ich blickte neugierig auf und fragte nach Mr. Lumley.

Jenkinson erwiderte, das sei ein reicher alter Knabe, der seine Schätze in Schränken vor der Öffentlichkeit verberge. Vermutlich sei ein großer Teil der besten Stücke bei Versteigerungen der letzten Zeit an ihn gegangen, und damit seien sie nun dauerhaft in irgendwelchen Archivschränken verschwunden.

Ich fragte ihn, ob er Lumley kenne.

Nein, antwortete er, doch habe er ein- oder zweimal Dinge bei ihm anschauen dürfen, weil er an Büchern zu diesen Themen gearbeitet habe. Den Mann selbst habe er nie gesehen, da er nur über Agenten kaufe, doch habe er von Leuten gehört, die mit ihm bekannt seien. «Immer das gleiche elende alte Spielchen», sagte er. «Dieser Mann füllt ein halbes Dutzend Häuser mit unschätzbaren Werten, dann stirbt er, und die ganze Sammlung wird auf Auktionen verscherbelt und landet in Amerika. Als Patriot kann man da nur noch heulen.»

Doch wenn die Not am größten, ist Gottes Hilfe am nächsten. Offenbar war Mr. Lumley bereit, die Wedgwood-Plaketten wieder zu verkaufen, wenn man ihm ein faires Angebot unterbreitete. Das hatte Jenkinson von Lutrin erfahren, und an genau jenem Nachmittag durfte er noch einmal einen Blick auf die Plaketten werfen. Er fragte mich, ob ich ihn begleiten wolle, und da ich weiter nichts vorhatte, nahm ich die Einladung an.

Jenkinsons Wagen stand schon vor dem Eingang des Clubs bereit. Das Verdeck war geschlossen, denn der Nachmittag war feucht. Die Anweisungen an den Fahrer hörte ich nicht, und so waren wir wohl schon zehn Minuten unterwegs, als ich feststellte, dass wir die Themse überquert hatten und den Londoner Süden ansteuerten. Ich hatte erwartet, die Plaketten in Lutrins Laden vorzufinden, doch zu meiner großen Freude erfuhr ich, dass Lumley sie sofort mitgenommen hatte.

«Er bewahrt nur sehr wenig im Albany auf, von den Büchern abgesehen», erfuhr ich. «Er besitzt aber ein Haus in Blackheath, das vom Keller bis unters Dach vollgestopft ist.»

«Wie heißt es denn?» fragte ich mit einem bestimmten Verdacht.

«Die *White Lodge*», sagte Jenkinson.

«Aber die gehört doch einem gewissen Pavia», antwortete ich.

«Mag sein. Doch die Dinge darin gehören dem alten Lumley, so viel ist sicher. Ich muss es ja wissen, denn ich bin schon dreimal mit seiner Erlaubnis dort gewesen.»

Während der restlichen Fahrt saß ich weitgehend schweigend neben Jenkinson. Hier fand sich ein hervorragendes Indiz, das mich in meinen Mutmaßungen bestätigte. Pavia war ein Freund von Pitt-Heron; Lumley war ein Freund von Pitt-Heron; Lumley war offenbar mit Pavia befreundet, vielleicht war er sogar mit ihm identisch, denn der Ostindien-Händler im Ruhestand, wie ich ihn mir vorstellte, war womöglich nicht viel mehr als ein unschuldiges Pseudonym. Wie dem auch sei – sollte ich hier etwas herausfinden, würde ich womöglich auch die Handlungen von Charles besser verstehen. Ich hoffte also inständig, den Eigentümer nachmittags bei unserer Besichtigung seiner Kostbarkeiten anzutreffen, denn bislang war mir noch niemand begegnet, der in der Lage gewesen wäre, mich jenem geheimnisvollen alten Junggesellen mit künstlerischen und teutonischen Neigungen vorzustellen.

Wir trafen um halb vier bei der *White Lodge* ein. Es handelte sich um eine dieser kleinen, quadratischen Villen im spätgeorgianischen Stil, wie man sie in London häufig vorfindet – einst ein Landsitz inmitten von Feldern und nun nicht mehr als eine Villa mit großzügigem Garten. Ich hielt nach meinem Über-Butler Tuke Ausschau, doch die Tür öffnete eine weibliche Angestellte, die Jenkinsons Einlasskarte musterte und uns ein wenig unwillig eintreten ließ.

Mein Begleiter hatte nicht übertrieben, als er den Ort eine Ansammlung von Kostbarkeiten nannte. Das Haus ähnelte eher dem Laden eines Kunsthändlers in der Bond Street denn einem Wohnsitz. Die Diele war angefüllt mit japanischen Waffen und lackierten Vitrinen. Ein anderes Zimmer war vom Boden bis zur Decke mit ausgezeichneten Gemälden behängt, darunter vor allem Niederländer des siebzehnten Jahrhunderts; im Raum selbst standen genug Chippendale-Stühle, um hier eine öffentliche Versammlung abzuhalten. Jenkinson hätte sich liebend gerne weiter umgeschaut, doch die unerbittliche Angestellte geleitete uns in ein kleines Zimmer an der Rückseite, wo der Gegenstand unseres Besuches schon bereitlag. Die Plaketten waren erst halb ausgepackt, und Jenkinson stürzte sich sofort darauf, er betrachtete sie durch ein Vergrößerungsglas und summte vor sich hin wie eine zufrieden schnurrende Katze.

Die Hauswirtschafterin blieb wachsam an der Tür stehen; Jenkinson war in seine Arbeit vertieft, und nach einem ersten Blick auf die Plaketten fand ich Gelegenheit, mich umzuschauen. Wir befanden uns in einem kleinen, unordentlichen Raum; staubige Glasvitrinen bargen edles chinesisches Porzellan, in einer Ecke lagen alte Perserteppiche aufgestapelt.

Pavia, so dachte ich, mußte ein wahrhaft umgänglicher Bursche ohne Sinn für Bequemlichkeit sein, wenn er seinem Freund gestattete, diese Behausung in eine Lagerhalle zu verwandeln. Immer weniger glaubte ich jetzt noch an die Existenz des ehemaligen Ostindien-Händlers. Das Haus gehörte Lumley, der bei seinen gelegentlichen Aufenthalten einen anderen

Namen bevorzugte. Dafür mochte es gute, unschuldige Gründe geben, doch irgendwie glaubte ich nicht daran. Dafür verriet sein Butler zu viel teuflische Intelligenz.

Mit dem Fuß hob ich den Deckel einer der Schachteln, in denen die Wedgewoods gesteckt hatten. Er war übersät mit einer Mischung aus Baumwollstreifen und Spänen, und darunter steckte ein zerknülltes Blatt Papier. Ich schaute genauer hin und erkannte die Maße eines Telegramms. Da hatte also jemand ein Telegramm in der Hand gehalten, als er die Schachteln öffnete, und diese Nachricht dann auf einem der beiden Päckchen liegengelassen. Anschließend war das Telegramm offenbar mit den Schachteln zu Boden gefallen und unter dem aufgeklappten Deckel verschwunden.

Ich glaube und hoffe, durchaus so diskret und rücksichtsvoll zu sein wie andere Leute, doch in jenem Moment packte mich die Überzeugung, dass ich dieses Telegramm einfach lesen musste. Ich spürte aber förmlich den stechenden Blick der Hauswirtschafterin, und so griff ich zu einer List. Ich holte mein Zigarettenetui hervor, als wollte ich rauchen, und öffnete es so ungeschickt, dass sich der Inhalt zwischen den Sägespänen wiederfand. Auf den Knien sammelte ich die Zigaretten wieder ein und schob das Füllmaterial beiseite, bis das Telegramm freigelegt war. Es war französisch geschrieben, und ich konnte es mühelos lesen. Aufgegeben hatte man es in Wien, die Adresse bestand aus irgendeinem Code. Die Nachricht lautete: «*Nach Buchara folgen – Saronov*». Ich klaubte all meine Zigaretten auf und drehte den Deckel wieder über das Telegramm, so dass der Eigentümer es finden konnte, wenn er nur aufmerksam genug suchte.

Während der Heimfahrt – Jenkinson war tief in Gedanken an die Plaketten versunken – traf ich eine Art von Entscheidung. Das merkwürdige Gefühl schicksalhafter Unausweichlichkeit hatte mich ergriffen. Rein zufällig nämlich hatte ich einige seltsame, zusammenhanglose Hinweise erhalten, und durch den allererstaunlichsten Zufall hatte ich hier das Glied gefunden, das die Stücke zusammenfügte. Natürlich war mir bewusst, dass ich keinen Beweis in Händen hielt, um auch nur die gutgläubsten Geschworenen zu überzeugen. Pavia kannte Pitt-Heron; Lumley offenbar auch. Lumley kannte Pavia, möglicherweise handelte es sich sogar um ein und dieselbe Person. Irgendjemand in Lumleys Haus hatte ein Telegramm erhalten, das eine Reise nach Buchara erwähnte. Das war nicht gerade viel. Und doch war ich mit der eigentümlichen Gewissheit, wie sie dem menschlichen Unterbewusstsein zu Eigen ist, vollkommen überzeugt davon, dass Pitt-Heron schon in Buchara weilte oder sich wenigstens auf dem Weg dorthin befand und dass Pavia-Lumley davon wusste und dieser Reise wegen aufs Äußerste beunruhigt war.

Noch am gleichen Tag rief ich direkt nach dem Abendessen Mrs. Pitt-Heron an.

Sie hatte einen Brief von Tommy erhalten, in sehr niedergeschlagenem Ton, denn Tommy war bislang erfolglos. Niemand in Moskau hatte einen durchreisenden Engländer gesehen, der Charles ähnelte; und nachdem Tommy nun drei Wochen lang den Privatdetektiv gespielt hatte, war er mit seinem Latein am Ende und kündigte seine Heimkehr an.

Ich bat sie, Tommy unter ihrem Namen ein Telegramm zu schicken: «Nach Buchara weiterreisen. Habe Hinweise, dass du ihn dort treffen wirst.»

Sie versprach, das Telegramm am nächsten Tag aufzugeben, und stellte keine weiteren Fragen. Sie war wirklich eine großartige Frau.

3. KAPITEL
EINE MITTSOMMERNACHT

Bislang war ich nur Zuschauer; nun wurde ich selbst zu einem Akteur in diesem Drama. Mit dem Telegramm begann meine eigenständige Rolle in der merkwürdigen Geschichte. Man sagt ja gern, irgendwann tauche jeder Gesuchte einmal an der Ecke des Piccadilly Circus auf, wenn man nur lange genug auf ihn warte. Nun, ich fühlte mich allmählich wie ein Bürger Bagdads in den Tagen des großen Kalifen, und doch hatte sich nichts an meinen alltäglichen Verrichtungen geändert – am Wechsel zwischen Wohnung, Kanzlei, Club und Wohnung.

Aber da irre ich mich schon: Eine Episode spielte außerhalb von London, möglicherweise der eigentliche Beginn meiner Geschichte.

Pfingsten kam spät in diesem Jahr, und ich freute mich auf die zwei Urlaubswochen, denn meine Parlamentspflichten und die Termine bei Gericht hatten mich sehr in Atem gehalten. Ich hatte mir kürzlich einen Wagen zugelegt und einen Chauffeur namens Stagg angeworben, und ich war ganz begierig darauf, das Fahrzeug bei einer Fahrt aufs Land ausprobieren zu können. Bevor ich London verließ, begab ich mich noch einmal zum Portman Square.

Ethel Pitt-Heron war in großer Sorge, als ich sie aufsuchte. Man darf nicht vergessen, dass Tommy und ich stets von der Hypothese ausgegangen waren, dass Charles' Abreise mit irgendwelchen verrückten Plänen zusammenhing, mit denen er sich selbst in Schwierigkeiten gebracht hatte. Wir glaubten, er habe sich auf äußerst fragwürdige Freunde eingelassen und sei zu einem Geschäft verleitet worden, das vielleicht nicht kriminell war, aber sicherlich unüberlegt und dumm. Von einer Erpressung hatte ich lange nichts wissen wollen, und so hatte ich eher vermutet, Lumley und Pavia seien Pitt-Herons

Mitstreiter. Ganz ähnlich hat das vermutlich auch Charles' Frau gesehen. Doch nun hatte sie etwas entdeckt, das die Angelegenheit in ein anderes Licht tauchte.

Sie hatte seine Papiere durchsucht in der Hoffnung auf ein Stichwort, das ihr die Gründe für seine Flucht ins Ausland enthüllte, aber nichts als geschäftliche Briefe vorgefunden, Vermerke über Investitionsentscheidungen und dergleichen. Offenbar hatte Charles die meisten seiner Unterlagen in dem kuriosen Laboratorium hinten im Haus sogar verbrannt. Schließlich aber hatte sie etwas unter der Lasche einer Schreibunterlage auf dem Arbeitstisch im Salon entdeckt, wo er nur gelegentlich Kleinigkeiten zu notieren pflegte. Allem Anschein nach handelte es sich um den Rohentwurf eines Briefes, und er war an Ethel gerichtet. Ich gebe ihn hier so wieder, wie er war; die Auslassungen finden sich bereits im Original.

Du musst mich für wahnsinnig oder etwas noch Schlimmeres halten, weil ich dich so behandelt habe, wie ich es tat. Doch gab es dafür einen schrecklichen Grund, den ich dir hoffentlich eines Tages offenbaren kann. Ich bitte dich darum, dass du dich sofort nach Erhalt dieses Schreibens bereitmachst, um mir nach … zu folgen. Du wirst mit … reisen und in … ankommen. Ich lege einen Brief bei, den du bitte vertrauensvoll dem Anwalt Knowles übergibst. Er wird für deine Reise alles Nötige veranlassen und mir den Geldbetrag senden, den ich benötige. Liebling, du musst so unbeobachtet aufbrechen wie ich selbst und darfst niemandem irgendetwas erzählen, nicht einmal, dass ich lebe – das am allerwenigsten. Ich möchte dich um nichts in der Welt in Furcht versetzen, doch ich stehe am Rande einer schrecklichen Gefahr, und ich hoffe, ihr mit Gottes und deiner Hilfe zu entrinnen …

Das war alles – offenbar der Entwurf zu einem Brief, den er irgendwo im Ausland abzuschicken gedachte. Aber kann man sich ein Schreiben vorstellen, das noch eher dazu angetan wäre, die Nerven einer Ehefrau zu ruinieren? Jedenfalls beunruhigte mich das Schriftstück ganz außerordentlich. Pitt-Heron war kein Feigling, und Risiken kümmerten ihn normalerweise wenig.

Und doch war nun klar, dass er an jenem Tag im Mai unter dem Druck einer tödlichen Bedrohung die Flucht ergriffen hatte.

In meinen Augen nahm die ganze Angelegenheit damit eine sehr ungünstige Wendung. Ethel bat mich, Scotland Yard einzuschalten, doch ich riet ihr davon ab. Ich empfinde natürlich Hochachtung vor Scotland Yard, doch hielt ich es nicht für ratsam, den Fall zu diesem Zeitpunkt an die Öffentlichkeit zu bringen. Hier konnte es um Dinge gehen, die zu heikel für die Vorgehensweise der Polizei waren; ich hielt es für angebrachter, noch abzuwarten.

An den ersten ein oder zwei Tagen meiner Reise dachte ich sehr gründlich über den Pitt-Heron-Fall nach, doch frische Luft und die rasche Fahrt des Wagens sorgten dafür, dass ich die Angelegenheit vergaß. Wir hatten zwei Wochen mit herrlichem Wetter, und der Wagen glitt Tag für Tag durch grünes Land, das unter dem leichten Dunst eines blauen Junihimmels leuchtete. Schon bald geriet ich in den heiteren Zustand körperlicher und seelischer Leichtigkeit, den ein solches Leben dem Menschen beschert. Mühevolle Tätigkeiten wie etwa die Jagd versetzen die Nerven in Spannung und halten den Geist rege, doch wenn man den ganzen Tag in einem leise surrenden Automobil durch eine himmlische Landschaft rollt, sind Körper und Geist wie hypnotisiert.

Wir fuhren das Tal der Themse hinauf, erkundeten die Cotswolds, wandten uns dann nach Somerset im Süden und erreichten schließlich die Randbezirke von Exmoor. Für einen oder zwei Tage nahm ich Quartier in einem kleinen Gasthaus mitten im Moor, wo ich über die endlose Abfolge von Hügeln wanderte und mir einen Weg durch das Strauchwerk bahnte – dort, wo Moor und Heide steil zum Meer hin abfallen. Dann kehrten wir nach Dartmoor und an die Südküste zurück; in Dorset fielen die ersten Regentropfen, und auf der Ebene von Salisbury umfing uns wieder das Licht der Sonne. Und schließlich begannen die beiden letzten Tage des Urlaubs. Der Wagen hatte sich über die Maßen bewährt, und Stagg, ein ernster und schweigsamer Mann, pries ihn in hymnischen Tönen.

Am Montagnachmittag wollte ich zurück in London sein, und damit das gelang, setzte ich für den Sonntag eine längere Strecke an. Doch an diesem langen Tag fand unser Hochgefühl ein jähes Ende. Da der Wagen sich so großartig bewährt hatte, beschloss ich nämlich, weiter zu fahren als geplant, um im Haus eines Freundes bei Farnham zu übernachten. Es war schon ungefähr halb neun abends, als wir gerade die schmalen und verwinkelten Wege in der Gegend des Wolmer Forest passierten: Hinter einer scharfen Kurve prallten wir direkt auf das hintere Ende eines schweren Transporfahrzeugs. Stagg trat noch kräftig auf die Bremse, und der Lastwagen blieb beim Zusammenstoß auch unbeschädigt, doch irgendein Frachtstück, das hinten aus dem Transporter herausragte, ließ unsere Windschutzscheibe zersplittern, beschädigte einen Vorderreifen und brachte die Lenkung aus der Spur. Niemand von uns wurde ernsthaft verletzt; ein Glassplitter der Frontscheibe hinterließ bei Stagg eine lange Schramme auf der Wange, und ich hatte mir eine Schulterprellung zugezogen.

Der Lastwagenfahrer war freundlich, konnte aber nichts ausrichten, und so ließ er immerhin Pferde herbeischaffen, die den Wagen nach Farnham schleppen sollten. Dies würde einige Stunden in Anspruch nehmen, und auf Nachfrage in der Nachbarschaft erfuhr ich, dass es im Umkreis von acht Meilen keinen Gasthof gab, in dem ich die Nacht verbringen konnte. Stagg lieh sich ein Fahrrad, um die Pferde abzuholen, und ich grübelte düster über die Aussichten, die mir noch blieben.

Die Vorstellung, ich müsse die Juninacht neben meinem verunglückten Wagen zubringen, behagte mir ganz und gar nicht, und der Gedanke an das Haus meines Freundes bei Farnham wirkte äußerst verlockend. Ich hätte mich zu Fuß dorthin aufmachen können, kannte aber den Weg nicht; zudem nahmen die Schmerzen in der Schulter zu. Ich beschloss also, hier in der Gegend ein ordentliches Haus aufzusuchen und mir ein Fahrzeug zu leihen. Denn im Süden Englands leben ja mittlerweile so viele Londoner, dass man selbst in einem ländlichen Bezirk, der keine Gasthäuser und nur wenige Gehöfte aufweist, mit Sicherheit ein paar Wochenendhäuser erwarten durfte.

Ich wanderte also das weiße Band der Landstraße entlang durch den Duft der Junidämmerung. Anfangs war die Straße von hohem Ginster eingefasst, dann folgten Streifen mit offenem Heideland und schließlich kleine Wälder. Hinter den Wäldern aber entdeckte ich eine Mauer, die einen Park umschloss, und kurz darauf stand ich vor dem Eingangstor zu einem Landhaus. Genau so etwas hatte ich gesucht; ich weckte also den Pförtner, der schon früh zu Bett gegangen war. Ich erkundigte mich nach dem Eigentümer, erhielt aber nur den Namen des Hauses zur Antwort – *High Ashes*. Ich fragte, ob der Besitzer denn zu Hause sei, und wurde mit einem schläfrigen Nicken beschieden.

So weit man das im Dämmerlicht ausmachen konnte, handelte es sich bei diesem Gebäude um ein langes, weiß getünchtes Landhaus, das im Mittelteil zwei Stockwerke besaß. Die Mauern waren mit Kletterpflanzen und Rosen bewachsen, und in den Duft der Blüten mischte sich eine Spur von Rauch aus einem Herd – für einen hungrigen Wanderer zu später Stunde ein wahrlich betörendes Aroma. Ich zog an einem altmodischen Glockenseil, und ein junges Stubenmädchen öffnete schwerfällig die Tür.

Ich erläuterte ihr mein Anliegen und überreichte meine Karte. Ich sei, so führte ich aus, Mitglied des Parlaments und vor Gericht zugelassener Anwalt und sei hier mit dem Wagen verunglückt. Ob es dem Herrn dieses Hauses wohl möglich sei, mir dabei Hilfe zu leisten, mein Ziel in der Nähe von Farnham zu erreichen? Ich wurde hereingebeten und nahm erschöpft auf einem Sessel in der Diele Platz.

Ein paar Minuten später erschien eine alte Hauswirtschafterin, eine streng dreinblickende Dame, die ich unter anderen Umständen gern gemieden hätte. Allerdings kam sie mit gastfreundlicher Kunde. Ein Fahrzeug gäbe es hier leider nicht, da man den Wagen ausgerechnet an jenem Tag zur Reparatur nach London geschafft habe. Doch wenn ich mit einem Zimmer in diesem Hause für die Nacht vorlieb nehmen wolle, stünde es zu meiner Verfügung. Mein Diener könne sich unterdessen um den Wagen kümmern, und man werde ihn benachrichtigen, damit er mich am Morgen abhole.

Ich nahm das Angebot dankbar an, zumal die Schulter sich weiterhin unangenehm bemerkbar machte. Ich wurde über eine schmale Treppe aus Eichenholz zu einem sehr einladenden Schlafraum mit Badezimmer geleitet. Dort nahm ich ein Bad und fand anschließend eine Reihe kleiner Aufmerksamkeiten vor, von Pantoffeln bis hin zu Rasierklingen. Man hatte sogar an Salbe für meine verletzte Schulter gedacht. Gesäubert und erfrischt begab ich mich schließlich wieder hinab ins Erdgeschoss und betrat dort ein Zimmer, in dem ich einen Lichtschimmer erblickte.

Es handelte sich um die Bibliothek – die wohl schönste, die ich je gesehen habe. Der Raum war langgestreckt, also genau so, wie es bei einer Bibliothek der Fall sein sollte, und die Wände waren vollständig mit Büchern bedeckt, von der Fläche über dem Kamin abgesehen, wo ein erlesenes Bild hing, dem ersten Eindruck nach ein Raeburn. Die Bücher standen in verglasten Schränken, deren schöne Formen auf ein Zeitalter mit Kunstsinn deuteten. In einer Ecke war ein Tisch für das Abendbrot gedeckt, denn der Raum selbst war viel zu groß dafür; das Licht aber stammte aus Kerzenleuchtern, es fiel gedämpft durch Lampenschirme und mischte sich in die Dämmerung des späten Juniabends. Zunächst glaubte ich, allein zu sein, doch als ich weiter in den Raum hinein trat, erhob sich eine Gestalt aus einem tiefen Sessel bei der Feuerstelle.

«Guten Abend, Mr. Leithen», begrüßte mich eine Stimme. «Einem wahrlich freundlichen Unglücksfall verdankt ein einsamer alter Mann also das Vergnügen Ihrer Gesellschaft.»

Er schaltete eine elektrische Glühbirne ein, und so erblickte ich vor mir – was seine Stimme nicht hatte vermuten lassen – in der Tat einen alten Mann. Ich war damals vierunddreißig und rechnete jeden über fünfzig zu den Alten, doch mein Gastgeber hatte gewiss schon die sechzig überschritten. Er hatte ungefähr meine Größe, doch waren die Schultern gebeugt wie von Studien am Schreibtisch. Sein Gesicht war sauber rasiert und außergewöhnlich fein, und jeder Zug wirkte wie mit Sorgfalt herausgemeißelt. Kinn und Mund erinnerten an die Habsburger, sie waren lang und spitz, aber geschmackvoll modelliert, so dass die kräftige Unterlippe durchaus passend erschien. Das silberfarbene Haar des Mannes war so tief in die Stirn gekämmt, dass er entfernt an einen Ausländer erinnerte, und er trug eine Brille mit getönten Gläsern, vermutlich eine Lesebrille.

Jedenfalls machte seine Erscheinung einen würdevollen und angenehmen Eindruck, und er begrüßte mich mit einer kräftigen und gleichzeitig sanften Stimme, die das Bild des Alters Lügen strafte.

Das Abendessen bestand aus einer leichten Mahlzeit, die jedoch auf ihre Art geradezu vollkommen war. Es gab Seezunge; außerdem erinnere ich mich an ein hervorragend zubereitetes Hühnchen, frische Erdbeeren und kleine Appetithappen. Zu trinken gab es einen 95er Perrier-Jonet und einen exzellenten Madeira. Das träge Stubenmädchen bediente uns; und während wir über das Wetter und die Straßen in Hampshire plauderten, versuchte ich, den Beruf meines Gastgebers zu erraten. Ein Anwalt war er nicht, dazu fehlten die unvermeidlichen Narben auf den Wangen. Eher schon war er ein Universitätsprofessor aus Oxford im Ruhestand, ein hoher Beamter oder ein Würdenträger aus dem Britischen Museum. Jedenfalls wies ihn seine Bibliothek als Gelehrten aus, und seine Art des Sprechens war die eines Gentleman.

Nach dem Essen nahmen wir in Sesseln Platz, und er bot mir eine gute Zigarre an. Wir redeten über mancherlei – Bücher, die rechte Möblierung einer Bibliothek, ein wenig auch über Politik (wohl meiner Abgeordnetentätigkeit wegen). Der Streit der Parteien ließ meinen Gastgeber vollkommen kalt; neugierig wurde er bei Fragen der Landesverteidigung, und in gewisser Weise entpuppte er sich als Amateur-Stratege. Lebhaft stellte ich ihn mir als Verfasser von Leserbriefen zu Heeresfragen an die Herausgeber der *Times* vor.

Dann wandten wir uns der Außenpolitik zu, die ihn brennend interessierte; seine Kenntnisse waren frappierend. Tatsächlich war er so gründlich informiert, dass ich meine vorherigen Mutmaßungen verwarf und ihn nunmehr für einen Diplomaten im Ruhestand hielt. In jenen Tagen stritten sich Frankreich und Italien gerade über Zollfragen, und er skizzierte mir mit erstaunlicher Klarheit die Schwächen der französischen Zollverwaltung. Kürzlich hatte ich mit einem bedeutenden Fall aus dem Bereich der südamerikanischen Eisenbahnen zu tun, und ich fragte ihn deshalb nach den Liegenschaften meiner Klienten. Seine Ausführungen waren bedeutend klarer als die Hinweise, die ich von den Vertretern dieser Partei erhalten hatte.

Das Feuer war entzündet worden, während wir noch zu Abend aßen, und nun loderten die Flammen auf und warfen ihr Licht auf die Gestalt meines Gastgebers, der in einem tiefen Sessel kauerte. Er hatte seine Brille mit den getönten Gläsern abgenommen, und als ich mich erhob, um ein Streichholz zu holen, sah ich, wie seine Augen abwesend ins Leere starrten.

Irgendwie erinnerten sie mich an Pitt-Heron. Charles hatte immer ein flirrendes Licht in den Augen, Zeichen einer ruhelosen Geistigkeit, die ebenso anziehend wie beunruhigend wirkte. Auch die Augen meines Gastgebers verrieten dies und mehr. Seine Augen waren bleicher, als ich jemals Augen im Schädel eines Menschen gesehen hatte – bleich, hell und eigenartig unruhig. Doch während Pitt-Herons Ausdruck nur die unbekümmerte Jugend anzeigte, spürte ich im Blick dieses Mannes Klugheit und Macht und grenzenlose Vitalität.

Damit aber waren all meine Theorien hinfällig, denn ich mochte nicht länger glauben, dass mein Gastgeber überhaupt irgendeinen Beruf ausgeübt hatte. Hätte er das getan, so hätte er an der Spitze gestanden, und sein Gesicht wäre aller Welt bekannt. Ich fragte mich also, ob mein Gedächtnis mir nicht vielleicht einen Streich spielte und ob ich nicht einem bedeutenden Manne gegenübersaß, den ich eigentlich erkennen sollte.

Während ich die entlegensten Winkel meines Gedächtnisses durchforschte, vernahm ich seine Stimme, die fragte, ob ich nicht Anwalt sei.

Ja, erwiderte ich – ein Anwalt vor Gericht mit einiger Erfahrung im Zivilrecht und Tätigkeiten für den Geheimen Kronrat.

Er fragte, warum ich diesen Beruf ergriffen hätte.

«Er passt am besten», antwortete ich. «Ich bin ein eher nüchterner Mensch, der Fakten und Logik liebt. Ich bin nicht geschaffen für den Höhenflug, ich habe keine neuen Ideen, ich bin keine Führungsfigur, aber ich liebe die Arbeit. Ich bin ein durchschnittlich gebildeter Engländer, und diesen Menschenschlag zieht es zum Gericht. Wir haben die Zivilisation zwar nicht erfunden, aber wir sind doch sehr gern der Zement, der sie zusammenhält.»

«Zement der Zivilisation», wiederholte er mit seiner sanften Sprachmelodie.

«In gewisser Hinsicht haben Sie recht. Doch braucht die Zivilisation mehr als das Gesetz, um Bestand zu haben. Denn nicht alle Menschen sind bereit, menschengemachte Gesetze als göttliches Recht hinzunehmen.»

«Natürlich gibt es weitere Schutzvorkehrungen», sagte ich. «Polizei und Militär und das allgemeine Wohlwollen gegenüber der Zivilisation.»

Er nahm den Faden sofort auf. «Letzteres ist Ihr wahrer Zement. Mr. Leithen, haben Sie jemals darüber nachgedacht, wie brüchig diese Zivilisation eigentlich ist, auf die wir alle so stolz sind?»

«Ich halte sie eigentlich für sehr gefestigt», erwiderte ich, «und die Fundamente werden von Tag zu Tag solider.»

Er lachte. «Das ist die Sicht eines Rechtsanwalts, aber glauben Sie mir, Sie irren sich. Denken Sie nach, und Sie werden feststellen, dass die Fundamente auf Sand gebaut sind. Sie glauben, dass eine Wand, die so fest ist wie die Erde selbst, die Zivilisation von der Barbarei scheidet. Ich behaupte aber, die Trennlinie ist nur ein Faden, eine hauchdünne Scheibe aus Glas. Eine Berührung hier, ein Stoß dort, und die Herrschaft des Saturn kehrt zurück.»

Es war dies die Art von Paradoxien und Spekulationen, wie junge Studenten sie lieben und die erwachsene Männer nur noch gelegentlich nach dem Abendessen hervorkramen. Ich schaute meinen Gastgeber an, um festzustellen, in welcher Stimmung er sich befand, und in diesem Moment loderte die Flamme hoch auf.

Sein Gesicht verriet vollkommenen Ernst. Die hellen, unruhigen Augen betrachteten mich angespannt.

«Nehmen Sie nur ein kleines Beispiel», fuhr er fort. «Wir leben in einer Welt des Handels und haben ein großartiges Kreditsystem errichtet. Ohne unsere Schecks und Wechsel und Währungen käme unser gesamtes Leben zum Stillstand. Ein Kredit ist aber nur möglich, weil dahinter festgefügte Werte stehen. Meine Geldscheine aus der englischen Notenbank sind wertloses Papier, wenn ich sie nicht jederzeit gegen Goldmünzen eintauschen kann. Verzeihen Sie diese grundsätzlichen Ausführungen, aber der Punkt ist von Bedeutung. Wir besitzen einen Goldstandard, weil Gold hinreichend selten vorkommt und weil es sich zu Münzen, also in eine transportable Form schlagen lässt. Natürlich weiß ich, dass einige Ökonomen behaupten, die Welt ließe sich ebenso gut auf reiner Kreditbasis betreiben, also ohne Münzen aus Metall im Hintergrund. Diese Argumente mögen ja in der Theorie ganz hübsch klingen, in der Praxis ist das unmöglich. Bevor so etwas funktionierte, müsste sich zunächst einmal die versammelte Stupidität dieser Erde zu einer solchen Theorie bekehren.

Stellen Sie sich nun einmal vor, unser System der Werte würde mit einem Schlag nutzlos. Angenommen also, der Traum der Alchemisten ginge in Erfüllung, und die verschiedenen Metalle ließen sich mühelos ineinander umschmelzen. Wir sind in den letzten Jahren sehr nahe an diesen Punkt herangekommen, wie Sie wissen, falls Ihr Interesse im Bereich der Chemie liegt. Sobald Gold und Silber aber ihren Wert verlieren, bricht das

Gebäude des Handels zusammen. Kredite hätten keinen Sinn mehr, weil die Papiere sich in nichts Wirkliches mehr überführen ließen. Mit einem Schlag kehrten wir zurück ins Zeitalter des Tauschhandels, denn ich wüsste nicht, welcher sonstige Standard die Rolle der Edelmetalle übernehmen sollte. Unsere gesamte Zivilisation mit ihrem Gewerbe und ihrem Handel bräche zusammen. Wie in grauer Vorzeit würde ich wieder meinen Kohl anbauen, um zu überleben, und etwas davon beim Schuster oder beim Metzger gegen Naturalien eintauschen. Wir wären zurück im einfachen Leben, und wie: nicht in der selbst gewählten Schlichtheit des kultivierten Menschen, sondern im erzwungenen Mangel des Wilden.»

Sonderlich beeindruckt hatte diese Skizze mich nicht. «Natürlich gibt es Scharniere der Zivilisation», räumte ich ein, «deren Zerbrechen ins Unglück führte. Aber diese Bauteile sind doch sehr fest gefügt.»

«Nicht so fest, wie Sie vielleicht glauben. Bedenken Sie nur, auf wie komplizierte Weise man diese Maschine stetig erweitert. So wie das Leben immer komplexer wird, wird auch die Maschinerie immer raffinierter – und damit verwundbarer. Ihre sogenannten Schutzvorkehrungen werden so unendlich zahlreich, dass jede einzelne zerbrechlich bleibt. In den dunklen Jahrhunderte des Mittelalters gab es eine große Macht – den Schrecken Gottes und Seiner Kirche. Heute gibt es unzählige kleine Dinge, allesamt empfindlich und fragil; stark sind sie nur durch unsere stillschweigende Übereinkunft, sie nicht in Frage zu stellen.»

«Sie vergessen eines», sagte ich, «nämlich die Tatsache, dass die Menschen wirklich entschlossen sind, die Maschine in Gang zu halten. Das ist es, was ich mit dem ‹Wohlwollen gegenüber der Zivilisation› meinte.»

Er erhob sich aus seinem Sessel und schritt im Raum auf und ab, eine merkwürdige dunkle Gestalt, nur gelegentlich von Stichflammen des Kaminfeuers erhellt.

«Sie haben Ihren Finger in die entscheidende Wunde gelegt. Zivilisation ist eine Verschwörung. Welchen Wert hätte denn

Ihre Polizei, wenn jeder Verbrecher sich über den Kanal retten könnte, oder Ihr Gericht, wenn kein anderer Gerichtshof seine Urteile anerkennt? Unser modernes Leben ist eigentlich nur ein Vertrag zwischen bequemen Leuten, die sich darauf verständigt haben, den Schein zu wahren. Und dabei wird es bleiben, bis der Tag kommt, an dem der alte Vertrag zerrissen und ein neuer unterzeichnet wird.»

Nie zuvor war ich in ein eigenartigeres Gespräch verwickelt worden. Dabei faszinierte mich weniger der Inhalt seiner Worte – dergleichen bekommt man von jeder x-beliebigen Gruppe halbgarer junger Männer zu hören – als vielmehr die Art seines Auftretens. Der Raum war jetzt beinahe dunkel, doch die Persönlichkeit dieses Mannes schien in dieser Finsternis erst Gestalt anzunehmen. Obwohl ich ihn kaum noch sah, spürte ich doch, dass jene eigenartig hellen Augen auf mich gerichtet waren. Ich hätte gern für mehr Licht gesorgt, aber ich wusste nicht, wo sich ein Schalter befand. Die Stimmung war so gespenstisch und rätselhaft, dass ich mich allmählich fragte, ob mein Gastgeber nicht womöglich ein wenig verrückt war. Jedenfalls war ich seine Spekulationen leid.

«Wir sollten uns nicht über Unstrittiges streiten», sagte ich. «Denn in der Tat bin ich der Ansicht, dass den besten Köpfen dieser Welt daran gelegen ist, das aufrechtzuerhalten, was Sie eine ‹Verschwörung› zu nennen belieben.»

Er ließ sich wieder in den Sessel fallen.

«Ich frage mich nur», fuhr er zögernd fort, «ob wirklich die besten Köpfe für die Einhaltung dieses Vertrages arbeiten? Nehmen Sie nur die Regierung: Letzten Endes werden wir doch nur von Amateuren und Zweitklassigen regiert. Die Arbeitsweise unserer Ämter brächte jedes Privatunternehmen in den Bankrott. Mit der Arbeitsweise des Parlaments – verzeihen Sie bitte – wäre jeder Vorstand eines Unternehmens blamiert. Unsere Herren geben vor, Expertenwissen einzukaufen, sie zahlen bloß nie den Preis dafür, den ein Geschäftsmann zahlen müsste, und wenn sie ein Gutachten in Händen halten, haben sie nicht den

Mut, davon Gebrauch zu machen. Warum also sollte ein Mann von Genie sein Talent in den Dienst unserer mittelmäßigen Obrigkeit stellen?

Und doch ist Wissen die einzige Macht – jetzt und in Ewigkeit. Eine kleine mechanische Erfindung kann unsere Flotte zugrunderichten. Eine neue Mischung von Chemikalien stellt sämtliche Regeln der Kriegsführung auf den Kopf. Oder nehmen wir nur den Handel: Ein oder zwei winzige Änderungen könnten Britannien auf das Niveau von Ecuador herunterdrücken oder China den Schlüssel für den Wohlstand der Welt in die Hand geben. Und doch fällt uns nicht einmal im Traum ein, dass solche Dinge tatsächlich geschehen könnten. Unsere Sandburgen halten wir für die Schutzwälle des Universums.»

Mir ist diese Rednergabe nicht vergönnt, doch bewundere ich sie bei anderen. Über solchen Plaudereien liegt ein morbider Zauber, eine Art rauschhafter Begeisterung, die einen halb beschämt zurücklässt. Ich war aber damals durchaus neugierig und nicht wenig beeindruckt.

«Das Allererste, was ein Erfinder tut», wandte ich ein, «ist aber doch, seine Entdeckung vor die Öffentlichkeit zu tragen. Er wünscht sich Ehre und Ruhm, und er will damit Geld verdienen. Die Neuerung geht in den Wissensschatz der Welt ein, und alles wird angepasst und neu justiert. So geschah es beispielsweise mit der Elektrizität. Sie haben unsere Zivilisation als eine Maschine bezeichnet, sie ist aber sehr viel flexibler. Sie besitzt die Anpassungsfähigkeit eines lebenden Organismus.»

«Das träfe vielleicht zu, wenn das neue Wissen tatsächlich zum Besitz der Welt würde. Aber tut es das? Von Zeit zu Zeit lese ich in den Zeitungen, dass ein herausragender Wissenschaftler eine große Entdeckung gemacht hat. Dann hält er also vor irgendeiner Akademie einen Vortrag, man widmet ihm ein paar Leitartikel, und sein Foto erscheint in den Zeitschriften. Leute seines Schlages stellen keine Gefahr dar. Er ist nur ein Rädchen der Maschine, er hält den Vertrag ein. Achten sollte man auf die Herren, die außerhalb stehen, die Meister der Erfindungskunst, die von ihrem Wissen keinen Gebrauch machen, bevor sie es nicht mit allem Nachdruck einsetzen können. Glauben Sie mir, die bedeutendsten Köpfe stehen außerhalb des Kreises, den wir Zivilisation nennen.»

Nun schien er zu zögern. «Manche Leute beklagen ja, U-Boote hätten die Kriegsschiffe verdrängt und die Luftfahrt mache die Beherrschung der Meere überflüssig. So reden unsere Pessimisten. Aber glauben Sie wirklich, unsere schwerfälligen U-Boote oder die zerbrechlichen Flugzeuge seien schon das letzte Wort der Wissenschaft?»

«Sie werden sich ohne Zweifel fortentwickeln», sagte ich, «doch bis dahin werden auch die Mittel zur Verteidigung Fortschritte gemacht haben.»

Er schüttelte den Kopf. «So ist es nicht. Schon heute sind die Kenntnisse, die den Bau großer Maschinen der Vernichtung ermöglichen, weit größer als die Möglichkeiten zur Verteidigung. Sie sehen nur die Erzeugnisse zweitklassiger Leute, die eilig bemüht sind, sich Geld und Ruhm zu sichern. Das wahre Wissen, das tödliche Wissen ruht noch im Verborgenen. Aber glauben Sie mir, mein Freund, es existiert bereits.»

Er hielt einen Moment inne, und vor dem dunklen Hintergrund sah ich nur die schemenhaften Umrisse seines Zigarrenrauchs aufsteigen. Dann nannte er mir ein oder zwei Beispiele, zurückhaltend, so als sei er sich nicht ganz sicher, ob seine Enthüllungen wirklich klug wären.

Diese Fälle aber schockierten mich. Sie waren von unterschiedlicher Art – eine große Katastrophe, ein plötzlicher Bruch zwischen zwei Völkern, eine Missernte, Kriege und Seuchen. Ich möchte sie hier nicht wiederholen. Ich denke nicht, dass ich ihm damals Glauben schenkte, und jetzt glaube ich noch viel weniger daran. Doch die Beispiele klangen schrecklich eindrucksvoll, vorgetragen mit ruhiger Stimme in jenem düsteren Raum in einer finsteren Juninacht. Falls der Mann Recht hatte, waren all diese Vorkommnisse nicht naturgegeben oder Folgen eines Unglücksfalles, sondern folgten einem teuflischen Plan.

Die namenlosen Genies, von denen die Rede war, arbeiteten demnach im Hintergrund und lieferten bisweilen Proben ihrer tödlichen Macht. Ich glaubte ihm nicht, doch er nannte Einzelheiten und enthüllte mit befremdlicher Klarheit die Züge in diesem Spiel – und ich vermochte ihm nichts zu entgegnen.

Endlich fand ich die Sprache wieder.

«Was Sie beschreiben, ist eine Hyper-Anarchie, die aber keinen Fortschritt darstellt. Was wäre denn das Motiv dieser diabolischen Geister?»

Er lachte. «Was könnte *ich* Ihnen davon berichten? Ich bin nur ein neugieriger Mensch, der bei seinen Nachforschungen gelegentlich auf eigenartige Sachverhalte stößt. Über Motive weiß ich nichts. Ich weiß lediglich von der Existenz herausragender Geister, die außerhalb der Gesellschaft stehen. Sagen wir einfach, sie misstrauen der Maschine. Vielleicht sind es Idealisten, die gern eine Neue Welt erschaffen würden, oder es sind schlicht und einfach Künstler, die die Wahrheit um ihrer selbst willen suchen. Müsste ich eine Vermutung wagen, würde ich wohl behaupten, dass man beide braucht, um Resulate zu erzielen: Die Künstler haben das Wissen, die Idealisten aber den Willen, davon Gebrauch zu machen.

Eine Erinnerung blitzte in mir auf. Ich sah eine Almwiese in den Bergen von Tirol, wo ich an einem heißen Tag inmitten unzähliger Blumen neben einem rauschenden Bach frühstückte, nachdem ich am Morgen durch die Felsen geklettert war. Unterwegs hatte ich einen Deutschen aufgelesen, einen kleinen Mann aus der Riege der Professoren, der mir die Ehre erwies, von meinen Broten zu essen. Er sprach fließend Englisch, wenn auch auf etwas drollige Weise, und ich entsinne mich noch, dass er ein Anhänger Nietzsches war und ein glühender Gegner der etablierten Ordnung. «Das Unglück», so rief er, «besteht doch darin, dass die Reformer nichts wissen und die Wissenden zu träge sind für Reformen. Eines Tages aber werden Wissen und Wille sich vereinigen, und dann wird die Welt marschieren.»

«Sie zeichnen ein furchtbares Bild», sagte ich. «Wenn aber jene Gelehrten, die außerhalb der Gesellschaft stehen, so mächtig sind – warum bewirken sie so wenig? Ein schlichter Polizist, der die Maschine hinter sich weiß, kann über die meisten anarchistischen Umtriebe nur lachen.»

«Schon wahr», antwortete er, «und die Zivilisation wird auch siegen, solange ihre Feinde die Bedeutung der Maschine nicht verstehen. Der Vertrag muss so lange Bestand haben, bis ein Gegenvertrag in Kraft tritt. Sie sehen doch, wie es den Torheiten ergeht, die wir heutzutage Nihilismus nennen oder Anarchie. Eine Handvoll ungebildeter Ganoven in den Slums von Paris widersetzt sich dem Gang der Welt – und eine Woche später sitzen sie im Gefängnis. Ein halbes Dutzend verrückter russischer Intellektueller setzt eine Verschwörung gegen die Zarenfamilie in Gang, und sofort ist ihnen die vereinigte Polizei Europas auf den Fersen. Sämtliche Regierungen und ihre Heerscharen mäßig begabter Polizisten schließen sich zusammen, und schwupps, ist das Schicksal der Verschwörer besiegelt. Denn die Zivilisation weiß ihre Kräfte einzusetzen, und die enorme Macht des Verbotenen löst sich in Rauch auf. Die Zivilisation siegt, weil sie einen weltumspannenden Bund geschlossen hat; ihre Gegner unterliegen, weil sie nur ihre Provinz kennen. Aber angenommen ...»

Erneut hielt er inne und erhob sich aus seinem Sessel. Er tastete nach einem Schalter und füllte den Raum mit Licht. Ich kniff die Augen zusammen und sah meinen Gastgeber, wie er mich lächelnd von oben betrachtete, ein wohlwollender und höflicher älterer Herr. Er griff zu seiner Brille mit den getönten Gläsern.

«Verzeihen Sie», sagte er, «dass ich Sie im Dunkeln sitzen ließ, während ich Sie mit meinen düsteren Prophezeiungen gelangweilt habe. Ein Eremit vergisst bisweilen, was einem Gast gebührt.»

Er reichte mir die Zigarrenkiste und deutete auf einen Beistelltisch, auf dem Whisky und Mineralwasser bereitstanden.

«Mich interessiert das Ende Ihrer Prophezeiungen», sagte ich. «Sie meinten also ...»

«Ich meinte ... angenommen, die Anarchie ginge bei der Zivilisation in die Lehre und würde international. Oh, ich meine damit nicht die Herden lärmender Esel, die sich Internationale Gewerkschaften nennen oder andere alberne Namen tragen. Ich meine, wenn die wirkliche Intelligenz der Welt sich international verbündete. Angenommen, die Glieder in der Kette der Zivilisation ließen sich durch andere Glieder einer sehr viel stärkeren Kette neutralisieren. Auf der Erde brodelt es nur so von ungebändigten Mächten und ungebundener Intelligenz. Haben Sie je über China nachgedacht? Dort finden Sie Millionen und Abermillionen guter Köpfe, die mit Nichtigkeiten hingehalten werden. Ihnen fehlt die Richtung, die Antriebsenergie, deshalb laufen all ihre Bemühungen ins Leere, und die Welt lacht über China. Europa gewährt ihnen ab und zu ein oder zwei Millionen als Darlehen, und die Chinesen sind zynisch genug, Bittgebete an die Christenheit zu richten. Und doch, angenommen ...»

«Eine schreckliche Vorstellung», unterbrach ich, «und ich glaube, dass so etwas Gott sei Dank unmöglich ist. Reine Zerstörung – dieser Glaube ist zu trostlos, um einen neuen Napoleon zu begeistern, und mit weniger als einem solchen Mann wird man nichts ausrichten können.»

«Von Zerstörung kann gar keine Rede sein», erwiderte er sanft. «Nennen wir es Bildersturm, die Zerschlagung von Schablonen; dafür konnten sich Idealisten schon immer erwärmen. Es braucht auch keinen Napoleon. Alles, was man benötigt, ist die Richtung, und die können auch Menschen vorgeben, die weniger begnadet sind als Bonaparte. Mit einem Wort, uns fehlt nur ein Kraftwerk, und das Zeitalter der Wunder beginnt.»

Ich erhob mich, denn es war schon spät, und ich hatte auch genug von diesen phantastischen Ausführungen. Mein Gastgeber lächelte, und ich glaube, dieses Lächeln störte mich am allermeisten. Es war – wie soll ich es ausdrücken? – allzu überlegen und olympierhaft.

Während er mich zurück in die Diele geleitete, entschuldigte er sich dafür, mich so ausgiebig mit seinen Marotten behelligt zu haben. «Sie als Rechtsanwalt müssten dieser Idee aber etwas abgewinnen können. Falls auch nur ein Fünkchen Wahrheit in meinen Mutmaßungen steckt, ist Ihre Aufgabe größer, als Sie ahnten. Sie haben keinen einfachen Fall zu verteidigen, Sie stehen in einem Kampf, dessen Ausgang noch in der Schwebe hängt. Das sollte Ihren beruflichen Ehrgeiz wecken ...»

Eigentlich hätte ich schläfrig sein müssen, denn es war nach Mitternacht, und ich hatte einen langen Tag an der frischen Luft hinter mir. Doch das elende Gerede hatte mich verunsichert, und ich fand keine Ruhe. Was mein Gastgeber vortrug, habe ich dem Inhalt nach grob skizziert, doch reichen meine Worte nicht aus, seine gespenstische Überzeugungskraft heraufzubeschwören. Von diesem Mann ging eine magnetische Kraft aus, ich spürte so etwas wie große Macht und ein gewaltiges Feuer, womit er noch der abgedroschensten Platitüde Gewicht verlieh. Ich hatte die schreckliche Ahnung, dass er mich zu überzeugen suchte, dass er mich faszinieren wollte, um den Boden für irgendeinen Vorschlag zu bereiten. Wieder und wieder redete ich mir ein, dies alles sei irrsinniger Unfug, der Fiebertraum eines Phantasten, doch wieder und wieder kehrte ich zu irgendeinem Detail zurück, das auf grausige Weise nach Wirklichkeit schmeckte. War dieser Mann ein Träumer und Phantast, so besaß er doch einen ungewöhnlichen Hang zum Realismus.

Ich öffnete mein Schlafzimmerfenster und ließ die milde Luft der Juninacht einströmen und den Duft von Klee und Kiefern und süßlichem Gras. Das tat mir zunächst gut, und ich konnte mir jetzt einfach nicht mehr vorstellen, dass diese anheimelnde und freundliche Welt so finsterer Vorzeichen fähig wäre.

Und doch blitzte sein Gerede vom «Kraftwerk» immer wieder in meinem Kopf auf. Die Gedankenfäden verwirren sich leicht in schlafloser Nacht, und lange bevor ich gegen Morgen endlich in den Schlummer fand, war mir dieser freundlich lächelnde Herr, mein Gastgeber, vollkommen zuwider. Plötzlich wurde mir bewusst, dass ich nicht einmal seinen Namen kannte, und schon verfiel ich erneut ins Grübeln.

Ich wartete nicht aufs Wecken, sondern stand gegen sieben Uhr auf, zog mich an und begab mich hinunter. Auf dem Kiesbelag der Auffahrt hörte ich das Geräusch eines Wagens, und zu meiner Freude stellte ich fest, dass Stagg bereits vorgefahren war. Ich wollte so rasch wie möglich fort von diesem Ort, und ich spürte keinerlei Verlangen, dem Herrn des Hauses jemals wieder zu begegnen.

Die mürrische Hauswirtschafterin, die auf mein Rufen hin erschien, nahm meine Erklärungen schweigend entgegen. Das Frühstück sei in zwanzig Minuten fertig; Mr. Lumley pflege es stets um acht Uhr einzunehmen.

«Mr. Andrew Lumley?» fragte ich überrascht.

«Mr. Andew Lumley», wiederholte sie.

Das also war der Name meines Gastgebers. Ich nahm am Schreibtisch in der Diele Platz und beging eine schreckliche Dummheit.

Ich schrieb einen Brief, begann mit «Sehr geehrter Mr. Lumley», dankte ihm für seine Freundlichkeit und erklärte den Grund meiner frühen Abreise. Ich müsse unbedingt, so führte ich aus, noch vor der Mittagszeit in London sein. Dann fügte ich hinzu: «Wenn ich doch gestern Nacht gewusst hätte, wer Sie sind! Denn ich glaube, Sie kennen einen meiner alten Freunde, Charles Pitt-Heron.»

Ohne Frühstück nahm ich neben Stagg im Auto Platz, und schon bald glitten wir von der Hochfläche hinab ins tiefer gelegene Tal des Wey. Doch meine Gedanken kreisten nicht mehr um mein neues Spielzeug oder um die sommerlichen Reize von Surrey. Der Freund Pitt-Herons, der von dessen Reise nach Buchara wusste, war kein anderer als jener Wahnsinnige, der vom «Kraftwerk» träumte. In diesem Drama mussten wir uns wohl noch auf düstere Szenen gefasst machen.

4. KAPITEL
DIE SPUR DES BUTLERS

Mein erster Gedanke auf der Reise nach London galt dem Umstand, dass ich in dieser Angelegenheit auf bedrückende Weise ganz auf mich allein gestellt blieb.

Was immer getan werden musste, ich musste es selber tun, denn in der Tat besaß ich keinerlei Beweise, die ausgereicht hätten, um die Behörden zu überzeugen. Pitt-Heron war mit einem eigenartigen Herrn befreundet, der Kunstwerke sammelte, vermutlich unter falschem Namen im Süden Londons lebte und absurden Träumen vom Ende der Zivilisation nachhing. Brachte man es auf den Punkt, war dies auch schon alles, was ich in Händen hielt. Ginge ich damit zur Polizei, man würde mich auslachen, und das zu Recht.

Nun bin ich ein nüchterner und praktisch veranlagter Mann, doch obwohl meine Indizien dürftig schienen, war ich doch felsenfest von meinen Schlussfolgerungen überzeugt. Pitt-Herons Geschichte war mir jetzt so geläufig, als hätte ich sie aus seinem eigenen Munde vernommen: sein erstes Treffen mit Lumley und ihre wachsende Vertrautheit; die Offenbarung eines Geheimnisses und das Wissen um verbotene Dinge; die Rebellion des anständigen Mannes, der entsetzt bemerkte, wie weit er sich dank seiner Marotten schon verirrt hatte; die Einsicht, dass man mit dieser Vergangenheit nicht ohne weiteres brechen konnte und dass Lumley ihn in seiner Gewalt hatte; und schließlich die irrwitzige Flucht angesichts einer entsetzlichen Bedrohung.

Sogar die Hintergedanken bei dieser Flucht standen mir klar vor Augen. Pitt-Heron kannte die indische Grenze wie wenige andere, und so hoffte er wohl, seine Gegner im unwegsamen Gelände des Pamir in die Irre zu führen. Von irgendeinem entlegenen Zufluchtsort würde er seiner Frau dann eine Nachricht schicken und den Rest seiner Tage im Exil verleben. Nur ein ungeheures Entsetzen hatte es wohl vermocht, diesen Mann – jung, brillant, reich und erfolgsverwöhnt – zu einer solchen Flucht zu verleiten.

Lumley aber war ihm schon auf den Fersen. So jedenfalls deutete ich das Telegramm, das ich in jenem Haus in Blackheath vom Boden aufgelesen hatte. Meine Aufgabe bestand also jetzt darin, die Verfolgungsjagd zu behindern. Irgendjemand war auf dem Weg nach Buchara, jemand von Lumleys Leuten, vielleicht der gespenstische Butler, den ich vom Gericht her kannte. Das Telegramm war am 27. Mai eingetroffen; das Datum hatte ich mir notiert. Mittlerweile schrieben wir den 15. Juni; falls jemand sofort nach Erhalt des Telegramms aufgebrochen war, wäre er inzwischen höchstwahrscheinlich ebenfalls am Ziel.

Ich musste herausbringen, welcher Verfolger sich auf den Weg gemacht hatte, und Tommy warnen. Meinen Berechnungen nach hatte er von Moskau aus mit der Transkaspischen Eisenbahn sieben oder acht Tage gebraucht. Vermutlich erfuhr er am Ziel, dass Pitt-Heron schon weitergereist war, doch nach einigen Erkundigungen würde er die Verfolgung fortsetzen. Unter Umständen könnte ich über die russischen Behörden Kontakt zu ihm herstellen. Sollte Lumley also Pitt-Heron verfolgen, würde ich – unbekannt und unverdächtig – Lumleys Spuren aufnehmen.

Und dann wurde mir blitzartig klar, welche Dummheit ich begangen hatte.

Jener unselige Brief, den ich am Morgen hinterlassen hatte, machte diesen Vorteil zunichte. Nun war Lumley klar, dass ich ein Freund Pitt-Herons war – und dass ich um Lumleys Verbindung zu Pitt-Heron wusste. Lag ich richtig mit meinen Mutmaßungen, hätte Charles seine Verbindung zu Lumley eher ungern eingestanden; Lumley musste also annehmen, ich sei ein enger Vertrauter Pitt-Herons. Dann aber wüsste ich auch von seinem Verschwinden und den Gründen, und ich als

Einziger in ganz London konnte dies mit dem ehrenwerten Herrn im Albany in Verbindung bringen. Mein Brief war eine Warnung an Lumley, dass sein Spiel nicht unbeobachtet geblieben sei; damit aber hatte ich mich selbst in seinen Augen zum Verdächtigen gemacht.

Was geschehen war, war geschehen; Lumleys Verdacht musste ich hinnehmen. Allerdings muss ich gestehen, dass der Gedanke mir einen Schauer über den Rücken jagte. Dieser Mann verbreitete etwas Schreckliches – etwas, das ich nicht näher bestimmen und in Worte kleiden kann. Meine nüchternen Sätze vermitteln keine Ahnung von der hypnotischen Kraft seines Auftritts, seinen bösartigen Fertigkeiten. Ich war also auf dem besten Weg, mich mit einem wahren Meister anzulegen – und mit einem Mann, dem eine Organisation zu Gebote stand, die meinen bescheidenen Mitteln weit überlegen war. Ich erwähnte, dass ich zunächst das Gefühl von Einsamkeit und Isolation verspürte; mein zweiter Gedanke galt meiner eigenen hoffnungslosen Unbedeutendheit. Mir war, als träte ich mit einem Kinderspielzeug in Händen gegen ein Kraftwerk an – mit all seinen blankpolierten Rädern und den monströsen Generatoren.

Als erstes musste ich mich mit Tommy in Verbindung setzen.

Damals hatte ich einen Freund in einer der Londoner Botschaften, dessen Bekanntschaft sich beim Fliegenfischen in Hampshire ergeben hatte. Ich werde seinen Namen verschweigen, denn inzwischen hat er in der Welt der Diplomatie Karriere gemacht, und ich bin mir keineswegs sicher, dass die Rolle, die er in dieser Geschichte spielt, in jeder Beziehung den amtlichen Gepflogenheiten entsprach. Ich hatte ihn bei internationalen Spannungen, von denen alle Botschaften von Zeit zu Zeit betroffen sind, juristisch beraten, und wir hatten jenen Grad der Vertrautheit erreicht, der sich durch den Gebrauch der Vornamen und häufige gemeinsame Abendmahlzeiten auszeichnet. Nennen wir ihn also einfach Monsieur Felix. Er war ein ernster junger Mann, ein klein wenig älter als ich, gebildet, verschwiegen und ehrgeizig; unter der amtlichen Seriosität aber blitzte gelegentlich eine liebenswerte Knabenhaftigkeit auf. Mir fiel also damals ein, dass ich womöglich auf ihn als Verbündeten zählen könnte. Um elf Uhr vormittags war ich zurück in London und begab mich direkt zum Belgrave Square. Ich fand Felix in der kleinen Bibliothek hinter dem großen Saal der Verwaltung – einen Sportsmann, sonnengebräunt vom Lachsfang in einem norwegischen Fluss. Ich fragte ihn, ob er eine halbe Stunde erübrigen könne, und er bat mich, über seinen Tag zu verfügen.

«Du kennst Tommy Deloraine?» fragte ich.

Er nickte.

«Und Charles Pitt-Heron?»

«Ich habe von ihm gehört.»

«Nun, da liegt mein Problem. Ich habe Grund zu der Annahme, dass Tommy Pitt-Heron in Buchara getroffen hat. Wenn das zutrifft, wäre ich sehr erleichtert. Ich kann dir zwar keine Einzelheiten berichten, aber ich darf verraten, dass Pitt-Heron sich in ernsthafter Gefahr befindet. Kannst du mir helfen?»

Felix dachte nach. «Das dürfte leicht machbar sein. Ich kann dem Militärgouverneur eine verschlüsselte Depesche übermitteln. Die Polizei dort arbeitet ziemlich effizient, wie du vermutlich weißt, und Reisende können nicht einfach unbemerkt auftauchen und verschwinden. Ich denke, ich kann dir innerhalb der nächsten vierundzwanzig Stunden Bescheid geben. Allerdings muss ich Tommy beschreiben. Wie würde das in Telegrafesisch klingen?»

«Ich möchte noch etwas von dir erfahren», sagte ich. «Du erinnerst dich sicher, dass Pitt-Heron einen gewissen Ruf als Reisender durch Zentralasien genießt. Und Tommy ist, wie du weißt, manchmal schlichtweg verrückt. Angenommen, diese beiden Burschen befinden sich in Buchara und planen eine weite Reise durch die Wildnis – wie würden sie vorgehen? Du warst ja schon dort unten und kennst die Gegebenheiten.»

Felix zog einen schweren deutschen Atlas aus dem Regal, und wir brüteten wohl eine halbe Stunde darüber. Von Buchara aus, meinte er, führe die einzige für Verrückte geeignete Strecke in den Süden. Im Osten und Norden gelangte man nach Sibirien, im Westen lag die Wüste Karakum. Im Süden aber führte der Weg durch das Hissargebirge und über Pamirsky Post nach Gilgit und Kaschmir; oder man folgte dem Amudarja, um den Norden Afghanistans zu erreichen – oder man reiste über Merw ins nordöstliche Persien. Die erste Route hielt er für die wahrscheinlichste, falls man schnell vorankommen wollte.

Ich bat ihn dann noch, in seiner Depesche eine sorgfältige Überwachung der Straßen nach Indien vorzuschlagen, dann brach ich auf und versprach, ihn baldmöglichst über alles ins Bild zu setzen.

Anschließend begab ich mich ins Templerviertel, ich verabredete in der Kanzlei einige Besprechungstermine und verbrachte schließlich einen ruhigen Abend daheim. Schwer lastete auf mir die Vorahnung einer heraufziehenden Katastrophe, was unter diesen Umständen natürlich nicht verwunderte. Ich weiß auch wirklich nicht mehr, was mich bei der Stange hielt, denn ich gebe durchaus zu, dass ich ein sehr flaues Gefühl im Magen verspürte. Ohne Zweifel war es teilweise die Sympathie für Tommy und Ethel, hinzu kam vermutlich auch ein wenig Mitleid mit dem unglückseligen Pitt-Heron und vor allem eine Abneigung gegen Lumley. Dieser berauschte Übermensch hatte in mir die Antipathien des nüchternen Mannes geweckt.

In jener Nacht ging ich sämtliche Indizien noch einmal sorgfältig durch, um mir über meine nächsten Schritte klarzuwerden. Ich musste unbedingt mehr über meine Feinde herausfinden. Lumley würde mir ausweichen, da war ich mir ziemlich sicher; von dem Über-Butler versprach ich mir da schon mehr. Und tatsächlich sollte ich fast von selbst auf diese Fährte stoßen.

Am nächsten Tag hatte ich einen Verhandlungstermin vor dem Old Bailey, dem Strafgerichtshof. Es ging um einen Fall von nicht unerheblichem Betrug, und ich vertrat – gemeinsam mit zwei weiteren Anwälten – die geschädigte Bank. Das Erstaunliche und nahezu Unglaubliche an dieser ganzen Geschichte liegt ja nicht zuletzt in der Art und Weise, wie sich mir ganz ohne eigenes Zutun Hinweise und Spuren darboten – und das geschah selbst in dieser belanglosen Verhandlung. Die Erklärung dafür lautet vermutlich, dass die Welt einfach randvoll ist mit Spuren von allem und jedem, und wenn man sich wirklich in eine Frage vertieft, entdeckt man jene Dinge, an denen man sonst achtlos vorübergeht. Die Kollegen waren an diesem ersten Verhandlungstag verhindert, und so musste ich den Zeugen allein befragen.

Am späten Nachmittag berief ich einen ältlichen, vom Alkohol gezeichneten Mann in den Zeugenstand; er arbeitete für einen etwas dubiosen Makler in der Cannon Street. Seine Zeugenaussage war für unseren Fall nicht unbedeutend, aber ich war mir nicht besonders sicher, ob er ein Kreuzverhör überstehen würde, in dem seine Glaubwürdigkeit auf den Prüfstand kam. Sein Name war Routh, und er sprach mit dem harten Akzent von Nordengland. Was meine Aufmerksamkeit jedoch am meisten fesselte, war sein Gesicht. Sein Kiefer schien aus zwei Teilen zusammengesetzt, die nicht recht zueinander passten; darüber steckten kleine, helle, hervorquellende Augen. Schon beim ersten Anblick erinnerte er mich an irgendjemanden.

Er befand sich immer noch auf der Zeugenbank, als das Gericht sich erhob, und ich teilten den übrigen Anwälten mit, dass ich vor dem Fortgang der Verhandlung mit dem Zeugen zu sprechen wünschte. Ich bestand sogar auf einem Gespräch unter vier Augen. Ein paar Minuten später geleitete man ihn in mein Büro, und ich stellte ihm ein oder zwei Fragen, die offensichtlich mit dem Fall zu tun hatten, bis der Angestellte, der ihn herbegleitet hatte, sich entschuldigte und uns eilig verließ. Nun schloss ich die Tür, bot Mr. Routh eine Zigarre an und begann mit einer privaten Befragung.

Er war eine armselige Gestalt und nur allzu bereit, von sich selbst zu erzählen. Ich erfuhr also allerlei klägliche Einzelheiten aus seinem unglücklichen Leben. Er war Pfarrerssohn aus Northumberland und hatte sich mit einem halben Dutzend Berufen durchgeschlagen, bis er sein jetziges fragwürdiges Amt erlangte. Was er berichtete, war zweifellos die Wahrheit; er hatte nichts zu verbergen, denn seine Schwäche war die Dummheit und nicht etwa das Verbrechen; zudem war ihm kein Stolz mehr geblieben, der ihm zur Verschwiegenheit hätte raten können. Und so brüstete er sich damit, dass er ein Gentleman und durchaus gebildet sei – er habe eben nur niemals eine Chance erhalten. Sein Bruder habe ihn schlecht beraten; sein Bruder sei viel zu klug für eine nüchterne Welt; und durch all seine Erinnerungen hindurch erklang ein Echo aus brüderlicher Bewunderung und Klagen über eben diesen Bruder.

Über genau diesen Bruder wollte ich mehr herausfinden, und Mr. Routh gab äußerst bereitwillig Auskunft. Es war natürlich nicht ganz einfach, aus diesem Wortschwall die wesentlichen Sachverhalte herauszufiltern. Sein Bruder war demnach ein Ingenieur, und ein erfolgreicher dazu; er hatte sich sogar in die Politik hineingewagt, und er war ein großer Erfinder. Er hatte Mr. Routh einmal zu kleineren Spekulationsgeschäften mit Südamerika überredet, und dieser hatte dabei ein wenig Geld verdient, das er aber ebenso schnell wieder verlor. Oh, er sei auf seine Weise ein guter Bruder und habe ihm schon oft geholfen, aber er war eben ein vielbeschäftigter Mann, und seine Hilfe reiche leider nie weit genug. Außerdem wende er, Mr. Routh, sich ungern häufiger als nötig an diesen Bruder. Ich schloss daraus, dass man sich diesem Bruder gegenüber nicht allzu viel herausnehmen durfte.

Ich fragte Mr. Routh, was er denn jetzt tun wolle.

«Ach», antwortete Routh, «es wäre ja schön, wenn ich Ihnen darauf antworten könnte. Ich will Ihnen nicht verhehlen, dass ich momentan in finanziellen Schwierigkeiten stecke, und obwohl meine Hände weiß Gott rein sind, macht dieses Verfahren mir das Leben nicht leichter. Mein Bruder ist ein verschwiegener Mann, seine Geschäfte führen ihn oft ins

Ausland. Ich kenne nicht einmal seine Adresse – ich schreibe ihm immer an ein Londoner Büro, das meine Nachrichten dann weiterleitet. Ich weiß nur, dass er wohl im großen Stil mit Strom zu tun hat, denn er hat im Gespräch einmal erwähnt, er sei für irgendein Kraftwerk verantwortlich. Nein, ich glaube nicht, dass es in London liegt; vermutlich irgendwo im Ausland. Vor vierzehn Tagen habe ich zuletzt von ihm gehört, da erzählte er mir, er würde England nun für einige Monate verlassen. Das ist sehr ärgerlich, denn ich würde gern Kontakt mit ihm aufnehmen.»

«Wissen Sie, Mr. Routh», sagte ich, «es könnte sein, dass ich Ihrem Bruder schon einmal begegnet bin. Ähnelt er Ihnen auf irgendeine Weise?»

«Wir sind uns sehr ähnlich, aber er ist größer und schlanker. Er war eben schon immer viel wohlhabender, und er führt ein gesünderes Leben, wissen Sie.»

«Wissen Sie vielleicht», fragte ich, «ob er manchmal andere Namen benutzt? Ich glaube nämlich nicht, dass der Mann, den ich meine, Routh genannt wurde.»

Der Zeuge errötete. «Ich halte es für äußerst unwahrscheinlich, dass mein Bruder einen falschen Namen verwendet. Schließlich hat er nichts getan, das dem Namen, auf den wir alle so stolz sind, Schande bereiten könnte.»

Ich entgegnete, dass mein Gedächtnis mir bestimmt nur einen Streich gespielt habe, und wir trennten uns in bestem Einvernehmen. Er war einer jener unschuldigen Burschen, die sich von raffinierten Schurken leicht dazu verleiten lassen, die Drecksarbeiten zu erledigen. Doch die Ähnlichkeit konnte nicht trügen: Dort – nur ohne den scharfen Verstand, ohne Kraft und Männlichkeit – ging jener Über-Butler aus Blackheath, der mir unter dem Namen Tuke begegnet war.

Der Mann hatte mir den Namen jenes Büros genannt, an dessen Adresse er seinem Bruder schreiben konnte. Ich war nicht sonderlich überrascht, dass es sich dabei um eben jene Agentur von Börsenmaklern handelte, für die ich in der Angelegenheit der Pfandbriefe immer noch tätig war und die mir gegenüber den Namen Pavia erwähnt hatten.

Ich rief also meinen dortigen Geschäftspartner an und erzählte ihm eine höchst plausible Geschichte – ich hätte eine Nachricht für einen von Pavias Angestellten; ich fragte, ob er mit ihm in Verbindung stehe und Briefe weiterleiten könne. Er bat mich, in der Leitung zu bleiben, war bald zurück und erklärte, er habe Briefe an den Butler Tuke und an einen Dienstboten namens Routh befördern lassen. Tuke sei seinem Herrn ins Ausland gefolgt, seine dortige Adresse habe er nicht. Er riet mir deshalb, an die *White Lodge* zu schreiben.

Ich bedankte mich und legte auf. Dieses Geheimnis war gelüftet. Tukes wahrer Name war Routh, und kein anderer als Tuke war nach Buchara gereist.

Als Nächstes musste ich Macgillivray bei Scotland Yard anrufen und mich sofort mit ihm verabreden. Macgillivray war früher ebenfalls vor Gericht tätig gewesen – ich hatte in seiner Kanzlei gelernt –, inzwischen zählte er zu den Leitern der Kriminalpolizei. Ich wollte ihn um Auskünfte bitten, zu denen er selbstverständlich nicht verpflichtet war, doch setzte ich auf unsere alte Bekanntschaft.

Zunächst fragte ich ihn, ob er je von einer Geheimorganisation gehört habe, die den Namen «Kraftwerk» trüge. Da lachte er nur laut.

«Ich vermute, wir haben Hunderte solcher Kosenamen in unseren Akten», klärte er mich auf. «Wirklich alles – von der Loge kahlköpfiger Raben bis zum Zehnten Siegel Salomonis. Phantasienamen zu erfinden ist eine Entspannungsübung erschöpfter Anarchisten, sie bedeuten kaum etwas. Die wirklich gefährlichen Kerle tragen keine Namen, nicht einmal Nummern, die wir in Erfahrung bringen könnten. Aber ich lasse jemanden in den Akten nachschauen. Vielleicht findet sich dort ja etwas über Ihr Kraftwerk.»

Meine zweite Frage nahm er schon ganz anders auf. «Routh ... Routh ... oh ja, vor einem Dutzend Jahren hatten wir mit einem

Routh zu tun, damals, als ich gerade in den nordöstlichen Bezirk wechselte. Er war ein Aktivist der Gewerkschaftsbewegung und für deren Finanzen zuständig; weil er diese lächerliche Immunität besaß, konnte man ihn nicht vor Gericht stellen. Er wusste das natürlich und nutzte seine Privilegien weidlich aus. Oh, er war ein echter Schurke. Ich habe ihn einmal bei einer Versammlung in Sunderland beobachtet, und ich erinnere mich noch an sein Gesicht: spöttische Augen, der Mund verriet diabolische Intelligenz, und bei all dem gab er sich noch so elegant wie ein Butler. Aber er ist längst aus England verschwunden – zumindest haben wir seit Jahren nichts mehr von ihm gehört, aber ich kann Ihnen gern ein Foto zeigen.»

Macgillivray griff in einen Aktenschrank und holte ein Bündel Karteikarten hervor, er zog eine davon heraus und warf sie mir hin. Das Bild zeigte einen Mann von etwa dreißig Jahren mit kurzem Backenbart und herabhängendem Oberlippenbart. Die Augen, der unschön geformte Kiefer und die Brauen gehörten dem geschätzten Mr. Tuke, Bruder und Wohltäter jenes armseligen Mr. Routh, den ich am Nachmittag ausgefragt hatte.

Macgillivray versprach, einige Erkundigungen einzuziehen, und ich schlenderte in glänzender Stimmung heimwärts. Nun wusste ich also mit Sicherheit, wer nach Buchara gereist war, und ich wusste sogar noch etwas aus der Vergangenheit dieses Reisenden. Ein in Verruf geratenes Genie – das war haargenau der Mann, der in Lumleys Pläne passte; ein Mann also, dem nichts Besseres widerfahren kann, als seinen Verstand außerhalb der engen Mauern der Konvention zu gebrauchen. Irgendwo in den Wüsten von Turkestan suchte dieser einstige Gewerkschaftler also nach Pitt-Heron. Und ich war mir sicher, dass Mr. Tuke dort nicht zimperlich vorgehen würde.

Ich aß im Club zu Abend und machte mich frühzeitig auf den Heimweg. Unterwegs hatte ich den Eindruck, dass mir jemand folgte. Jeder kennt dieses Gefühl, beobachtet zu werden – eine Art von geistiger Empfindsamkeit ohne einen tatsächlichen

Beweis. Hat man den Beobachter hinter sich, wo man ihn nicht sehen kann, verspürt man eine gewisse Kälte zwischen den Schultern. Ich nehme an, es handelt sich dabei um ein Erbe aus vergangenen Zeiten, als der Höhlenmensch auf seine scharfen Sinne vertrauen musste, wollte er nicht das Messer des Gegners zwischen den Rippen spüren.

Es war ein heller Sommerabend, und die Piccadilly war wie üblich angefüllt mit unzähligen Kraftfahrzeugen und Bussen und Fußgängern. Zweimal blieb ich stehen, einmal in der St. James's Street und einmal an der Ecke der Stratton Street, und ich ging ein paar Schritte meines Weges wieder zurück; und jedes Mal hatte ich den Eindruck, als sei jemand etwa dreißig Meter entfernt von mir die gleichen Schritte gegangen. Mein Instinkt riet mir, umzukehren und ihm entgegenzutreten, mochte er sein, wer er wolle – doch mir wurde rasch klar, dass dieser Plan töricht war. In einer derartigen Menschenmenge hätte ich mir niemals Klarheit verschaffen können, deshalb schlug ich mir die Idee aus dem Sinn.

Den Rest des Abends verbrachte ich in meiner Wohnung, ich las Akten und bemühte mich, meine Gedanken von Zentralasien fernzuhalten. Gegen zehn Uhr rief Felix mich an. Er hatte die Auskunft aus Buchara erhalten. Demnach hatte Pitt-Heron Buchara am 2. Juni mit einer kleinen Karawane verlassen, und zwar auf der Hauptstraße, die ins Hissargebirge führte. Tommy war am 10. Juni eingetroffen und am 12. Juni mit zwei Bediensteten in die gleiche Richtung aufgebrochen. Da er mit weniger Gepäck reiste, dürfte er Pitt-Heron spätestens am 15. Juni eingeholt haben.

Das war gestern, und ich verspürte eine große Erleichterung. In einer solchen Lage war Tommys Beistand Gold wert; und so zweifelhaft seine Leistungen in der Welt der Politik auch sein mochten, hätte ich doch niemanden lieber als ihn auf eine Tigerjagd mitgenommen.

Am nächsten Tag spürte ich noch deutlicher, dass man mir nachspionierte. Gewöhnlich begab ich mich über die Pall Mall und das Embankment zum Templerviertel, doch da ich an jenem Vormittag keinen Gerichtstermin wahrnehmen musste, beschloss ich, einen Umweg zu gehen, um meine Vermutung auf die Probe zu stellen. In dem Moment, da ich meine Wohnung verließ und die Down Street betrat, schien dort niemand zu warten, doch als ich mich nach einigen Metern umschaute, entdeckte ich einen Mann, der sich von der Piccadilly her näherte, während ein anderer die Einmündung der Hertford Street überquerte. Vielleicht war das alles nur Einbildung, aber ich war mir sicher, dass diese beiden mich observierten.

Ich spazierte also die Park Lane entlang, überzeugt davon, den Beweis erbringen zu können, als ich die U-Bahn an der Station Marble Arch betrat. Ich beobachte gern kleine und scheinbar belanglose Details, und so hatte ich mir gemerkt, dass ein bestimmter Wagen des Zuges, der Marble Arch um halb zehn verließ, genau gegenüber dem Ausgang der Chancery Lane Station anhielt, und wenn man sich ein wenig beeilte, erwischte man noch den Aufzug, der für einen früheren Zug bestimmt war, und erreichte die Straße schneller als jeder andere.

Das kleine Manöver gelang: Ich bekam den Aufzug, trat auf die Straße hinaus und versteckte mich hinter einem Briefkasten, von wo aus ich die Reisenden im Blick hatte, welche die Treppe nach oben nahmen. Ich vermutete nämlich, mein Verfolger, dem ich unten entwischt war, würde eher die Treppe hinaufeilen, als auf eine erneute Fahrt des Aufzugs zu warten. Und tatsächlich tauchte ein Herr auf, ganz außer Atem, der aufmerksam die Straße entlangspähte und sich dann der Aufzugtür zuwandte, um die Ankömmlinge zu begutachten. Nun war klar, dass ich mir die Beschattung keineswegs eingebildet hatte.

Ich schlenderte gemächlich durch die Straßen bis zu meiner Kanzlei und konzentrierte mich so gut als möglich auf die Tagesarbeit, doch schweiften meine Gedanken immer wieder zu den Unannehmlichkeiten ab, in die ich mich verstrickt hatte. Gern hätte ich ein Jahresgehalt dafür gegeben, in Ehren aus dieser Angelegenheit herauszukommen, einen Ausweg sah ich freilich nicht. Das Nervenzermürbende an dieser Sache war vor allen Dingen, dass ich nur wenig tun konnte. So vermochte ich die Sorgen auch nicht durch Arbeit beiseitezuschieben. Ich musste geduldig abwarten und auf die eine Gelegenheit unter Tausenden lauern, um sie zu ergreifen. Ich litt sehr darunter, dass ich dieses Spiel nicht zu spielen wusste. Ich hatte eben nie gelernt, wilde Tiere zu jagen oder meinen Hals zweimal täglich beim Polospiel zu riskieren so wie Tommy Deloraine. Ich war ein friedfertiger Schreibtischarbeiter, ich schätzte das geruhsame Leben und verspürte keinen Drang nach Gefahren und Aufregungen. Doch bemerkte ich allmählich, dass ich offenbar sehr hartnäckig sein konnte.

Um vier Uhr verließ ich das Templerviertel und begab mich zur Botschaft. Ich hatte beschlossen, keine Gedanken mehr auf meine Verfolger zu verschwenden, denn die waren noch meine geringste Sorge.

Felix hatte mir eine Stunde seiner kostbaren Zeit freigehalten. Es war immerhin schon beruhigend, dass Tommy Pitt-Heron erreicht haben dürfte, doch waren in jenem fernen Land noch weitere Vorkehrungen zu treffen. Und so hielt ich den Augenblick für passend, Felix in die Geschichte einzuweihen.

Diese Schilderung erleichterte mich sehr. Felix lachte auch keineswegs, obwohl ich das schon halb befürchtet hatte, er lauschte mir vielmehr sehr konzentriert und ernsthaft. Ich glaube, er hat in seinem Beruf schon zu viele Wahrheiten hinter bloßen Mutmaßungen entdeckt, um Dinge noch als Kleinigkeiten abzutun. Und so erklärte er denn, der nächste Schritt müsse darin bestehen, die russische Polizei vor dem Herrn namens Saronov und dem Über-Butler zu warnen. Glücklicherweise hatten wir genügend Material, um Tuke beziehungsweise Routh zu beschreiben, und ich war mir sicher, dass eine solche Gestalt unschwer aufzuspüren war. Felix telegraphierte also wieder in verschlüsselter Form und bat darum, die beiden zu beobachten, vor allem, wenn Grund zu der Annahme bestand, dass sie Tommy folgten. Erneut holten wir den Atlas hervor und untersuchten die möglichen Wege. Mir schien es, als habe das Schicksal höchstpersönlich dieses Land geschaffen, um Menschen zu verblüffen, denn die Straßen folgten den Tälern, und Reisende mit wenig Gepäck konnten vermutlich allerlei Abkürzungen über die Berge nehmen.

Ich verließ die Botschaft gegen sechs Uhr, überquerte gedankenverloren den Platz und stand ganz plötzlich vor Lumley.

Ich hoffe, dass ich meine Rolle gut spielte, auch wenn ich meine Überraschung wohl nicht vollständig verbarg. Lumley trug einen grauen Gehrock und einen weißen Zylinder und erschien mir wie die wohlwollende Seriosität in Person.

«Ah, Mr. Leithen», sagte er, «so trifft man sich wieder.»

Ich murmelte ein paar Floskeln des Bedauerns über meinen frühen Aufbruch drei Tage zuvor und fügte noch den ein wenig gekünstelten Scherz hinzu, dass ich seiner Abenddämmerung der Zivilisation freudig entgegenblickte, denn ihre Last werde mir allmählich zu schwer.

Er blickte mir freundlich in die Augen. «Sie haben also unser Abendgespräch nicht vergessen? Sie sind mir etwas schuldig, mein Freund, weil ich Ihnen Ihren Beruf wieder interessant gemacht habe.»

«Ich bin Ihnen sehr zu Dank verpflichtet», erwiderte ich, «für Ihre Gastfreundschaft, Ihren Rat und Ihre Warnungen.»

Er trug seine Brille mit den getönten Gläsern und blickte mich fragend an.

«Ich bin auf dem Weg zum Grosvenor Place», sagte er, «und ich bitte im Gegenzug um das Vergnügen Ihrer Begleitung. Sie kennen also meinen jungen Freund Pitt-Heron?»

Scheinbar freimütig erläuterte ich ihm, wir seien zusammen in Oxford gewesen und hätten gemeinsame Freunde.

«Ein brillanter junger Mann», sagte Lumley. «Ähnlich wie Sie hat er von Zeit zu Zeit einem alten Mann die Einsamkeit erträglich gemacht. Und er hat mich also Ihnen gegenüber erwähnt?»

«Ja», erwiderte ich und log, ohne zu zögern. «Er hat mir von Ihren Sammlungen erzählt.» (Falls Lumley Charles gut kannte, würde er mich durchschauen, denn so etwas hätte Charles nie getan – nicht um alle Schätze des Louvre.)

«Ach ja, ich habe ein paar Dinge zusammengetragen. Sollten Sie jemals die Neigung verspüren, sich etwas davon anzuschauen – es wäre mir eine Ehre. Sie sind ein Kenner? In gewisser Hinsicht? Sie interessieren mich – denn ich hatte zunächst den Eindruck, Ihre Neigungen lägen auf anderen Gebieten als in der Welt der unbelebten Kunstwerke. Pitt-Heron ist kein Sammler. Er liebt das Leben mehr als die Kunst, wie es sich für einen jungen Mann gehört. Ein großartiger Reisender, unser Freund – der Richard Francis Burton unserer Tage.»

Wir blieben vor einem Haus am Grosvenor Place stehen, und er ließ meinen Arm los. «Mr. Leithen», sagte er, «ein Wort noch von einem Mann, der Ihnen nichts Übles wünscht. Sie sind ein Freund Pitt-Herons, aber wohin er jetzt reist, können Sie ihm nicht folgen. Folgen Sie lieber meinem Rat und halten Sie sich von seinen Angelegenheiten fern. Sie werden ihm nicht helfen können und geraten dabei selbst vielleicht in große Gefahr. Sie sind ein vernünftiger Mann, ein Mann der Tat, deshalb rede ich offen mit Ihnen. Aber merken Sie sich bitte, ich warne niemanden zweimal.»

Er nahm die Brille ab, und seine hellen, unruhigen Augen blickten mir geradewegs ins Gesicht. Alles Wohlwollen war verschwunden, und tödliche Unversöhnlichkeit glühte mir entgegen. Noch bevor ich etwas erwidern konnte, eilte er schon die Treppe des Hauses hinauf und war verschwunden.

5. KAPITEL
EIN GEFÄHRTE

Die Begegnung mit Lumley flößte mir Angst ein, förderte aber auch meine Entschlossenheit. Selbst der friedfertigste Mensch auf Erden verspürt, wird er bedrängt, irgendwann in sich die Lust zum Kampf. Jetzt aber drängte mich schon mehr als meine Freundschaft mit Tommy und meine Sympathie für Pitt-Heron. Jemand hatte versucht, mich einzuschüchtern, und damit hatte er meine Beharrlichkeit geweckt. Ich war fest entschlossen, diese Sache um jeden Preis bis zum Ende durchzufechten.

Doch brauchte ich einen Verbündeten, um meine Nerven zu beruhigen, und meine Wahl fiel sofort auf Tommys Freund Chapman. Die schroffe und selbstbewusste Art dieses Labour-Parlamentariers empfand ich als tröstlich. Noch am gleichen Abend folgte ich ihm ins Raucherzimmer des Parlaments.

An jenem Nachmittag hatte er sich gerade heftig mit jungen Abgeordneten meiner eigenen Partei angelegt, und er empfing mich entsprechend ungnädig.

«Euch Kerle mag ich nicht mehr sehen», knurrte er. (Ich werde hier gar nicht erst versuchen, Chapmans Akzent wiederzugeben. Er sprach unverfälschtes Yorkshire-Englisch mit jener schleppenden Artikulation, wie sie für die westlichen Täler typisch ist.) «Man darf das ja gar nicht sagen, aber sie haben die beste Rede verdorben, die in den letzten zwölf Monaten in diesen ehrwürdigen Hallen erklungen ist. Tagelang habe ich in der Bibliothek daran gearbeitet. Ich wollte ihnen erklären, wie die Brotpreise im Protektionismus steigen, und Hilderstein fängt an zu lachen, weil ich Kilometer sage statt Kilogramm. Nur ein Versprecher, ich hatte es ja richtig in meinem Manuskript stehen, und überhaupt hat es mit diesen Fremdworten zum Teufel nochmal gar nichts auf sich. Dann erhebt sich dieser junge Lord, der dort für East Claygate sitzt, und verlässt den

Saal, gerade als ich mit meinem Schlussteil beginne. Er lässt seinen Zylinder fallen und schlägt dem alten Higgins die Brille von der Nase, und alle Idioten fangen an zu lachen. Das habe ich ihm kräftig heimgezahlt, und ich habe dafür gleich einen Ordnungsruf kassiert. Und dann kommt dieser Wattles, früher ein Sozialist wie ich selbst, und spricht für die Regierung und seine Behörde, die ich angreife, und erklärt, die Behörde denkt dies und die Behörde denkt das und die Behörde wird natürlich alles prompt erledigen. Ich weiß noch genau, wie ich früher an seinen Rockschößen hängen musste, damit er sich im Hyde Park nicht verquatscht und sein Land verrät.»

Es dauerte lange, bis Chapman sich beruhigte und einen Drink akzeptierte.

«Ich brauche Sie», sagte ich, «um etwas über Routh zu erfahren ... Sie kennen den Kerl, den ich meine, den Ex-Gewerkschaftsführer.»

Da loderte es schon wieder in ihm auf.

«So seid Ihr, Ihr Tories», brüllte er laut und schlug damit einen bleichen Liberalen auf dem angrenzenden Sofa in die Flucht. «Ihr könnt nicht fair kämpfen. Ihr hasst die Gewerkschaften, und ihr wühlt irgendwelche uralten Geschichten aus dem Dreck, um sie zu verunglimpfen. Über Routh können Sie sich gefälligst selbst informieren – ich will verdammt sein, wenn ich Ihnen helfe.»

Bei Chapman war ohne die ganze Wahrheit nichts auszurichten, und so erzählte ich zum zweiten Mal an jenem Tag meine Geschichte.

Ein besseres Publikum hätte ich mir nicht wünschen können. Er war schon in heller Aufregung, als er kaum die Hälfte gehört hatte. Zweifel an der Richtigkeit meiner Beweise kamen ihm gar nicht erst in den Sinn, denn wie die meisten Mitglieder seiner Partei hasste er Anarchisten noch viel mehr als die Kapitalisten, und die Vorstellung einer hochkapitalistischen, hochwissenschaftlichen und äußerst undemokratischen Anarchie brachte ihn zur Weißglut. Und außerdem bewunderte er ja Tommy Deloraine.

Routh, so berichtete er mir, war einst ein herausragender junger Ingenieur; angestellt war er bei einem großen Unternehmen in Sheffield. Seine politischen Ansichten waren außerordentlich fortschrittlich, und obwohl er streng genommen gar nicht dorthin gehörte, arbeitete er bei den Gewerkschaften mit, in einer wichtigen Gewerkschaft hatte er sogar den Posten des Schatzmeisters inne. Chapman hatte Routh früher häufig auf Podien und in Konferenzen getroffen und war beeindruckt von dessen Ideenreichtum und Intelligenz, aber auch von seiner kühnen Entschlossenheit. Routh führte den linken Flügel der Bewegung an, und er beherrschte jenen halb wissenschaftlichen und halb philosophischen Jargon, der die Herzen der Halbgebildeten zu allen Zeiten so sehr erwärmt. Mehrfach hatte man ihm einen Sitz im Parlament angetragen, den er aber immer ablehnte – aus gutem Grund, wie Chapman vermutete, denn Routh gehörte zu jenen Persönlichkeiten, die ihre Wirksamkeit am liebsten hinter den Kulissen entfalten.

Trotz all seiner Begabungen war Routh jedoch niemals beliebt. «Er war ein kaltherziger, grinsender Teufel», so Chapman, «ein Mann vom Schlage Parnells. Er tyrannisierte seine Anhänger; er war die skrupelloseste Bestie, der ich je begegnet bin.»

Schließlich kam es zur Katastrophe; es ließ sich nicht mehr verschleiern, dass er mit dem Vermögen der Gewerkschaft spekuliert und viel Geld verloren hatte. Chapman traute den Berichten über vermeintliche Verluste aber nicht so recht, er vermutete, das Geld sei an einem sicheren Ort versteckt. Ein oder zwei Jahre zuvor hatte man den Gewerkschaften – sehr zum Ärger altmodischer Bürger – einige Privilegien jenseits des Gesetzes eingeräumt, und dieser Kerl namens Routh zählte zu jener Gruppe, die solche Ansprüche am lautesten stellten. Nun war er unverfroren genug, den Spieß einfach umzudrehen – er rechtfertigte sein Vorgehen mit eben jenen Privilegien und entging damit der Strafverfolgung.

Dagegen war nicht anzukommen. Einige von Rouths Anhängern, berichtete Chapman, waren fest entschlossen, ihm den Hals umzudrehen, doch dieser bot ihnen keine Gelegenheit dazu. Er verschwand aus England, und es galt als ausgemacht, dass er in irgendeiner ausländischen Hauptstadt lebte.

«Was würde ich dafür geben, einmal mit diesem Schwein abzurechnen!» rief mein Freund und ballte seine mächtige Pranke. «Mit Josiah Routh haben wir uns allerdings keinen unbedeutenden Gegner gewählt. Es gibt wohl kein Verbrechen auf Erden, das ihm fremd wäre, und er ist so gerissen wie der alte Teufel, sein Herr.»

«Wenn Sie so denken, bin ich zuversichtlich, dass Sie mich unterstützen können», sagte ich. «Und gleich als erstes möchte ich Sie bitten, mit mir in meiner Wohnung zu bleiben. Nur Gott weiß, was als Nächstes geschehen wird, und zwei Männer sind besser dran als einer. Ich gebe offen zu, dass ich nervös bin, und ich hätte Sie gern bei mir.»

Chapman hatte nichts dagegen. Ich begleitete ihn in seine Unterkunft in Bloomsbury, wo er eine Reisetasche packte, und wir begaben uns gemeinsam in meine Wohnung in der Down Street. Seine stattliche Gestalt und sein kluges Gesicht gaben mir Halt auf meinem Weg in die geheimnisvolle Finsternis.

Und so begann mein Zusammenleben mit Chapman, eine der skurrilsten Episoden meines Lebens. Er war der großartigste Bursche auf der Welt, und doch musste ich feststellen, dass ich mich in seinem Charakter getäuscht hatte. Wer ihn nur im Parlament erlebte, hielt ihn für ein Stück Granit – mit seiner unverblümten Yorkshire-Art und seiner harten und klaren Vernunft, wie man sie aus Nordengland kennt. Dies alles steckte auch tatsächlich in ihm, daneben aber war er auch noch so romantisch wie ein Knabe. Die neue Lage beglückte ihn. Er zweifelte nicht daran, dass es sich auch hier um den alten Streit zwischen Kapital und Arbeit handelte – Tommy und ich standen also jetzt auf Seiten der Arbeit (dabei nannte er Tommy in der Öffentlichkeit gern einen «vergoldeten Papagei», und nur einen Monat zuvor hatte er mich im Parlament als «schlangengleichen Lakaien des Kapitals» verspottet). Diesen Streit aber fand er großartig, denn man musste den Widersacher nicht mit langen, gewundenen Reden angehen, sondern bekam vielleicht die Möglichkeit, ihn mit bloßen Fäusten zu traktieren.

Oft konnte ich mich in seiner Gesellschaft nicht halten vor Lachen. All diese Heimlichkeiten und Beschattungen versetzten ihn in Rage. Ich glaube nicht, dass er auf die gleiche Weise kontrolliert wurde wie ich selbst, aber er stellte sich das jedenfalls vor – und beging Tätlichkeiten an einem Metzgergehilfen, zwei Taxifahrern und einem Herrn, der sich später als Angestellter eines Buchmachers erwies. Diese Seite seiner Persönlichkeit brachte uns mitunter in höllische Schwierigkeiten, und ich hatte deswegen häufig Streit mit ihm. Unter anderem hielt er meinen Bediensteten Waters für einen Verräter – ausgerechnet Waters, den Sohn eines Gärtners, der kaum fähig war, bei Regen einen Schirm aufzuspannen.

«Sie gehen die ganze Sache falsch an», belehrte er mich eines Abends. «Warum warten, bis diese Kerle Sie zwischen die Finger kriegen? Gehen wir doch einfach nach draußen und erledigen sie.» Er erklärte mir also, er werde fortan ein Auge auf Mr. Andrew Lumley im Albany haben, und ich vermochte ihn nicht davon abzubringen.

Seine Entschlossenheit führte zu einer vollkommenen Gleichgültigkeit gegenüber seinen parlamentarischen Pflichten. Delegationen aus seinem Wahlkreis warteten vergeblich auf ihn. Und Lumley bekam er selbstverständlich nie zu Gesicht. Das einzige Ergebnis seiner Bemühungen bestand darin, dass er mehrmals nur knapp einer Verhaftung entging, weil er rund um Piccadilly und Regent Street unbescholtene Bürger belästigte.

Eines Abends las ich auf dem Heimweg vom Templerviertel in den Schlagzeilen der Abendzeitungen, dass ein Labour-Abgeordneter verhaftet worden sei. Damit konnte nur Chapman gemeint sein. Zunächst fürchtete ich, er habe sich selbst in ernsthafte Schwierigkeiten gebracht, und war deshalb sehr erleichtert, ihn daheim vorzufinden – allerdings rasend vor Wut. Offenbar war ihm jemand begegnet, den er für Lumley hielt, der ihm ja nur aus meinen Schilderungen bekannt war. Der Mann stand in einem Laden in der Jermyn Street, sein Wagen wartete draußen am Straßenrand, und Chapman hatte – höflich, wie er mir schwor – den Chauffeur lediglich nach dem Namen des Fahrzeughalters gefragt. Der Chauffeur antwortete beleidigend, woraufhin Chapman ihn vom Fahrersitz herunterzerrte und durchschüttelte, dass dem Mann Hören und Sehen verging. Der Besitzer des Wagens kam hinzu, und Chapman wurde festgenommen und aufs nächste Polizeirevier geschleppt. Man zwang ihn dort, sich zu entschuldigen, er musste die entstandenen Kosten übernehmen und fünf Pfund Strafe zahlen.

Immerhin hatte der Himmel es gnädig so gefügt, dass der Herr des Chauffeurs ein berüchtigter Geldverleiher war, und so nahm Chapmans Ansehen deswegen keinen Schaden. Ich musste allerdings ein ernstes Gespräch mit ihm führen. Und wusste doch, dass es völlig vergeblich war, ihm darzulegen, seine agentenhafte Suche nach dem «Kraftwerk» ähnele dem Versuch eines Elefanten, sich an eine Gazelle heranzupirschen. Ich konnte allenfalls an seinen unheilbaren Sinn für Romantik appellieren.

«Bemerken Sie denn nicht», fragte ich ihn, «dass Sie eine Rolle spielen, die Lumley Ihnen zugedacht hat? Früher oder später wird er Sie in eine Falle locken, die Sie direkt ins Gefängnis bringt, und wo bleibe ich dann? Genau das wollen er und seine Kumpane ja. Wir müssen die Listigen mit List bekämpfen und uns ducken, bis die Umstände günstig sind.»

Er ließ sich tatsächlich überzeugen, und er händigte mir sogar den Revolver aus, den er sich besorgt hatte – und um dessentwillen ich schon Ängste genug ausgestanden hatte.

«In Ordnung», sprach er also, «ich verhalte mich ruhig. Aber Sie versprechen mir, dass ich bei der großen Prügelei mit dabei sein darf, wenn es losgeht.»

Ich versprach es ihm. Chapmans Vorstellung vom großen Finale lief offenbar auf eine homerische Schlacht hinaus, bei der seine Fäuste reichlich Beschäftigung finden sollten.

So bereitete Chapman mir Kümmernisse, doch gleichwohl war seine Anwesenheit ungemein beruhigend. Seine unerschütterliche Heiterkeit und seine zuweilen gewagten Vorstellungen waren genau das Stärkungsmittel, das mir guttat. Und er hatte tatsächlich viele kluge Ratschläge parat. In diesen Tagen verschlechterte sich der Zustand meiner Nerven rapide, und obwohl ich Zigaretten vorher kaum angerührt hatte, rauchte ich sie nun den ganzen Tag. Wie jeder weiß, lebe ich ziemlich abstinent, und so musste ich nun entgeistert feststellen, dass ich mir viel zu viele Whiskys mit Soda genehmigte. Chapman kurierte mich freilich rasch und brachte mich auf den rechten Weg zurück – zur gelegentlichen Pfeife und einem bescheidenen Nachttrunk.

Er leistete sogar noch mehr und bemühte sich, meinen Körper zu stählen. Seiner Meinung nach würden wir nämlich am Ende dank überlegener Muskelkraft gewinnen. Nun war er ein stämmiger, kräftiger Bursche, der sich einst als guter Boxer im Mittelgewicht hervorgetan hatte. Ich selbst beherrschte zwar die Grundlagen des Boxens, machte unter seiner Anleitung aber beachtliche Fortschritte. Wir besorgten uns Boxhandschuhe und droschen allmorgendlich eine halbe Stunde lang aufeinander ein. Anschließend boten wir der Welt gelegentlich das erbarmungswürdige Schauspiel, dass ein junger, aufstrebender Anwalt mit geschwollenen Lippen und einem blauen Auge vor Gericht plädierte und im gleichen Zustand dann am Abend vor der gesetzgebenden Körperschaft seines Landes das Wort führte, wo ihm auf den Oppositionsbänken ein Volksvertreter gegenübersaß, dessen Gesicht nicht weniger erbärmlich zugerichtet war.

Damals verschaffte ich mir so viel Erleichterung wie möglich, denn die Zeiten waren wirklich hart. Mir war bewusst, dass ich in großer Gefahr schwebte; ich verfasste also mein Testament und traf weitere schmerzliche Vorkehrungen, da ich mit meinem baldigen Ableben rechnete. Ich konnte mich an nichts halten, sah keine klare Aufgabe vor mir und wartete auf einen

Zufall, während ein Nebel aus Verdächtigungen mich immer dichter einhüllte. Beschattet wurde ich weiterhin – daran bestand kein Zweifel –, doch ich achtete schon bald gar nicht mehr darauf, auch wenn ich mir Mühe gab, den Spionen keine großen Erfolge zu gönnen. Die Gegenwart dieser Agenten sollte mich wohl einschüchtern, denn natürlich empfindet man es als unangenehm, nachts von einem Kerl angerempelt zu werden, der einem gierig ins Gesicht starrt.

Ich ging nicht wieder zu Scotland Yard, traf aber Macgillivray eines Abends im Club.

Er überraschte mich mit einer höchst interessanten Mitteilung. Ich hatte ihn ja nach dem Tarnnamen «Kraftwerk» gefragt. Nun, er war tatsächlich darauf gestoßen, und zwar im Brief eines deutschen Freundes, einem privaten Brief, in welchem der Schreiber über die Ergebnisse seiner Untersuchungen in einer merkwürdigen Angelegenheit berichtete, die ein Jahr zuvor ganz Europa beunruhigt hatte.

Die Einzelheiten sind mir entfallen, doch ging es dabei um die slawischen Staaten innerhalb Österreichs und eine italienische Studentenverbindung, und die Angelegenheit schien damals durchaus bedrohlich. Macgillivrays Freund berichtete also, in einigen abgefangenen Dokumenten habe es Anspielungen auf ein «Kraftwerk» gegeben, offenbar so etwas wie die Zentrale jener Verschwörung. Und das gleiche Wort «Kraftwerk» sei auch an anderen Orten aufgetaucht – im Sonett eines anarchistischen Dichters, der sich in den Elendsvierteln von Antwerpen erschossen habe, im letzten wirren Gestammel manch eines Verbrechers und im außerordentlichen Testament des Professors M. aus Jena, der sich im Alter von siebenunddreißig Jahren das Leben nahm, nachdem er eine geheimnisvolle, geradezu mystische Botschaft an seine Mitbürger verfasst hatte.

Jedenfalls schloss Macgillivrays Briefpartner mit den Worten, dass man den Schlüssel zu einer der gefährlichsten Geheimorganisationen der Welt in Händen hielte, sollte es je gelingen, dieses «Kraftwerk» ausfindig zu machen. Und er fügte noch hinzu, er habe Grund zu der Annahme, der Kopf dieses Geheimbundes befinde sich in England.

«Macgillivray», sagte ich, «wir kennen uns jetzt schon eine ganze Weile, und ich glaube, Sie halten mich für einen nüchternen und vernünftigen Mann. Nun, ich glaube, ich stehe kurz vor der Entdeckung eben dieses Kraftwerks. Versprechen Sie mir eines: Sollte ich Ihnen nächste Woche eine dringliche Mitteilung schicken, handeln Sie bitte danach, egal wie fantastisch die ganze Sache klingen mag. Mehr darf ich Ihnen leider nicht verraten. Ich bitte Sie um Ihr Vertrauen – und glauben Sie mir, ich habe sehr triftige Gründe für alles, was ich tue.»

Er zog seine mächtigen Augenbrauen zusammen und betrachtete mich neugierig. «Ja, ich verbürge mich für Ihren Geisteszustand. Sie erwarten da ein wirklich großes Versprechen, aber wenn Sie sich mit einer Bitte an mich wenden, werde ich zusehen, dass sie erfüllt wird.»

Am nächsten Tag erhielt ich Nachrichten von Felix. Man hatte Tuke und den Herrn namens Saronov identifiziert. Wenn man Nachforschungen nach jemandem anstellt, erkennt man diejenigen relativ schnell, die nach den gleichen Menschen suchen, und so war die russische Polizei bei ihren Erkundigungen nach Tommy und Pitt-Heron rasch auf die beiden Herren aufmerksam geworden, die derselben Fährte folgten. Die zwei waren nach Samarkand aufgebrochen, offenbar in der Absicht, eine Abkürzung durch die Berge zu nehmen und die Hauptstraße von Buchara zu meiden. Man hatte die Grenzposten gewarnt und die Verfolger wurden nun ihrerseits beschattet.

Damit war jedenfalls schon viel gewonnen. Ich hatte Pitt-Heron vor den schlimmsten Gefahren bewahrt, indem ich ihm zunächst Tommy geschickt hatte, und nun hatte ich die Polizei auf die Spur seiner Feinde gesetzt. Dass die beiden Feinde waren, stand für mich fest. Charles wusste einfach zu viel, und Tuke war dazu ausersehen, ihn zur Raison zu bringen, ihn zurückzuholen, falls möglich, und falls nicht ... Wie Chapman schon sagte: Der ehemalige Gewerkschaftsführer machte nicht viel Federlesens.

Der Juni war drückend heiß, in London herrschte Hochsaison, und ich war vor Gericht nie zuvor so sehr beschäftigt gewesen wie eben jetzt. Und doch erschien mir das Treiben der bunten Welt damals wie ein Traum. Ich ging meiner täglichen Arbeit nach, speiste in Restaurants, besuchte die Theater, besprach mich mit Mandanten, plauderte mit Kollegen – und hatte doch immer das Gefühl, jemanden von außen zu betrachten, der all diese Dinge tat. Dabei erledigte ich meine Arbeit ganz ordentlich, und mir gelangen sogar zwei Erfolge vor dem Berufungsgericht.

Was mich wirklich interessierte, spielte sich in weiter Ferne ab. Stets hatte ich das Bild zweier Männer vor Augen, die durch die heißen Täler des Oxus ritten und den feinen Lössboden aufwirbelten, der sich in ihrem Rücken zu gelben Wolken türmte. Einer der beiden erschien ängstlich und verhärmt, und beide trieben ihre Pferde zur Eile an. Ihr Weg führte sie an Aprikosen- und Kirschplantagen entlang und vorbei an grünen, künstlich bewässerten Gärten. Bald schon wurde der Oxus schmaler, er schmückte sich nicht mehr mit Schilf und Seerosen, sondern wandelte sich zum trüben Gebirgsfluss. Auch das Gelände, das die Reisenden durchquerten, wechselte seine Gestalt: Die Pferde trabten nun über Bergwiesen, ihre Hufe zertraten Iris, Thymian und Ringelblume. Ich atmete förmlich die freie Luft, die vom Dach der Welt herüberwehte, und sah weit vor mir den schneebedeckten Sattel jenes Passes, der nach Indien herüberführt.

Weit hinter jenen Reitern erblickte ich zwei weitere, die einen anderen Weg wählten, über wasserlose Plateaus und durch zerklüftete Flusstäler. Sie ritten schneller, und ihre Strecke war kürzer. Früher oder später mussten sie die anderen Reiter einholen, und ich ahnte, dass dieses Zusammentreffen – für wen auch immer – einen tödlichen Ausgang nehmen musste.

Ich allein, der ich viertausend Meilen entfernt in London saß, konnte eine Katastrophe verhindern. Dieses Bild verfolgte mich in meine Träume hinein, und wenn ich durch die «Strand» spazierte oder irgendwo zum Abendessen einkehrte, blickte ich oft mit leeren Augen hinauf in jenes leuchtende Hochland mit den schmalen weißen Bergen im Hintergrund und den vier Pünktchen, hinter denen sich Männer verbargen, welche eilig ihren Zielen entgegenstrebten.

Eines Abends traf ich Lumley. Der Vorsitzende meiner Partei gab im Oberhaus ein festliches politisches Abendessen – fünfzig oder sechzig Gäste waren geladen, dazu noch allerlei Prominenz und Dekoration. Ich saß am hinteren Ende der Tafel und er ganz vorn, zwischen einem berühmten General und einem ehemaligen Vizekönig von Indien. Ich fragte meinen Nachbarn zur Rechten nach ihm, doch der konnte mir nicht weiterhelfen. Mein Nachbar zur Linken war besser informiert.

«Das ist der alte Lumley. Sind Sie ihm nie begegnet? Er lebt sehr zurückgezogen, lädt aber gelegentlich zu Herrenabenden ein, die in London unübertroffen sind. Nein, er ist kein Politiker, steht unserer Partei aber nahe, und ich glaube, wir verdanken ihm einige große Spenden. Ich weiß überhaupt nicht, warum sie ihn nicht in den Adelsstand aufnehmen. Er ist unglaublich reich und sehr großzügig und der gelehrteste alte Knabe, den wir im Lande haben. Mein Chef» – mein Nachbar war Staatssekretär – «kennt ihn persönlich, und er erwähnte einmal, wenn man irgendwelche sehr entlegenen Dinge wissen wolle, müsse man einfach nur Lumley fragen. Ich vermute, dass er hinter den Kulissen mehr Fäden zieht als irgendjemand sonst. Aber er geht eben fast nie aus, und unser Gastgeber kann sich etwas darauf einbilden, ihn heute Abend hier am Tisch zu haben. Auch in den Zeitungen taucht sein Name niemals auf. Vermutlich zahlt er an die Presse, damit sie ihn in Frieden lassen, wie es die Millionäre drüben in Amerika ja auch tun.»

Ich beobachtete Lumley während des gesamten Abendessens. An seinem Ende des Tisches bildete er den Mittelpunkt der Gespräche. Ich sah sogar, wie sich das blaue Band auf der Brust von Lord Morecambe nach vorn wölbte, wenn dieser sich vorbeugte, um eine Frage an Lumley zu richten. Lumley selbst trug einige ausländische Orden, darunter den der Ehrenlegion, und wenn das Gespräch ringsum einmal stockte, vernahm ich sogar seine weiche, volltönende Stimme. Ich sah, wie er seine Tischnachbarn durch seine Brille musterte, und von Zeit zu Zeit nahm er die Brille ab und warf einen freundlichen Blick auf sein Gegenüber. Ich fragte mich nur, warum niemand so wie ich bemerkte, was hinter seinen hellen, unruhigen Augen lauerte.

Die Speisen waren, glaube ich, ausgezeichnet, und die Gesellschaft war angenehm, und doch konnte ich wenig essen, und ich wollte mich auch nicht unterhalten. In diesem festlichen Saal – mit Bediensteten, die lautlos umherhuschten im weichen Licht der Kerzen, das auf dem Silber schimmerte – spürte ich überdeutlich, wie stark und wohlbehütet sich jener Mann ganz außerhalb meiner Reichweite befand. Mich ergriff eine Art von verzweifeltem Hass, sobald ich in seine Richtung blickte. Denn ich hatte ja auch jenes andere Bild vor Augen: die asiatische Wüste, Pitt-Herons Verzweiflung und die finstere Gestalt Tukes, der ihm auf den Fersen war. Dies alles sah ich – und jene großen, geheimnisvollen Räder, die einer unmenschlichen Sache dienten, welche das Wort «Verbrechen» nur beschönigen würde, und die von den Händen dieses Mannes rund um den Erdball gelenkt wurden.

Auf das Essen folgte noch eine Feier, aber ich blieb nicht. Auch Lumley nicht, und so kreuzten sich unsere Wege am Fuße der großen Treppe.

Er lächelte mich freundlich an.

«Waren Sie hier ebenfalls zum Abendessen? Ich habe Sie gar nicht bemerkt.»

«Sie hatten gewiss an Wichtigeres zu denken», sagte ich. «Nebenbei: Vor einigen Wochen gaben Sie mir einen guten Ratschlag. Vielleicht interessiert es Sie, wenn ich Ihnen gestehe, dass ich ihn befolgt habe.»

«Freut mich sehr», sagte er sanft. «Sie sind ein sehr verständiger junger Mann.»

Doch seine Augen verrieten mir, dass er meine Lüge durchschaute.

6. KAPITEL
DAS RESTAURANT IN DER ANTIOCH STREET

Am nächsten Tag arbeitete ich bis abends im Templerviertel; es war schon beinahe sieben Uhr, als ich mich auf den Heimweg machte. Macgillivray hatte mich nachmittags angerufen, um sich zu verabreden, und ein Abendessen im Club vorgeschlagen, und ich hatte zugestimmt und erklärt, ich käme direkt von der Kanzlei aus dorthin. Kurz nach sechs rief er dann noch einmal an und brachte einen anderen Treffpunkt ins Spiel.

«Ich habe einige hochwichtige Neuigkeiten für Sie und benötige eine ruhige Umgebung. Es gibt ein kleines Lokal, wo ich gelegentlich einkehre – Rapaccini's in der Antioch Street. Ich treffen Sie dann also dort um halb acht.»

Ich willigte ein und benachrichtigte Chapman, damit er wusste, dass ich auswärts essen würde. Es war ein Mittwochabend, und das Parlament würde seine Beratungen frühzeitig beenden. Chapman fragte noch nach dem Lokal; ich nannte ihm den Namen, ohne freilich zu erwähnen, mit wem ich dort verabredet war. Seine Stimme klang unzufrieden, denn er hasste einsame Mahlzeiten.

Es war eine sehr warme und ruhige Nacht; ich hatte einen anstrengenden Tag vor Gericht hinter mir – so anstrengend, dass ich meine eigenen Sorgen beinahe vergaß. Zu Fuß ging ich am Embankment entlang und die Regent Street hinauf in Richtung Oxford Circus. Die Antioch Street, so entnahm ich einem Handbuch, befand sich zwischen Langham Place und Tottenham Court Road. Ein wenig wunderte es mich schon, dass Macgillivray ausgerechnet einen so abgelegenen Ort gewählt hatte, andererseits kannte ich ihn als einen Mann mit vielen Marotten und Eigenwilligkeiten.

Vor Ort stellte ich dann fest, dass die Straße einen durchaus respektablen Eindruck machte; es gab Pensionen und Büros von Architekten, daneben einige Antiquitätenläden und einen Kunstrestaurator. Nach dem Restaurant musste ich dann schon ein wenig länger suchen, denn es handelte sich um eines jener diskreten Etablissements, wie man sie vor allem in Frankreich findet, in denen die Speisen nicht auf englische Art ausgestellt werden und deren Fenster mit halblangen Musselin-Gardinen behängt sind. Lediglich die Fußmatte mit den Initialen des Wirtes wies Hungrigen den Weg.

Ich reichte einem Kellner Stock und Hut und ließ mich in einen bunt ausstaffierten Raum leiten, der mit Gästen angefüllt war. Ein einzelner Geiger stand nahe beim Grill und musizierte. Die Leute an den Tischen entsprachen nicht ganz dem Publikum, das man in einem Speiselokal in einer Nebenstraße erwarten durfte. Sämtliche Herren trugen Abendgarderobe mit weißer Weste, und die Damen vertraten eher die anrüchige Halbwelt oder eiferten dieser zumindest nach, was die Kleidung betraf. Diverse Augen musterten mich neugierig, als ich den Raum betrat. Ich vermutete, dass eine der eigenartigen Londoner Launen dafür gesorgt hatte, dass ausgerechnet dieses Lokal offenbar gerade in Mode war.

Der Inhaber kam mir mitten im Raum entgegen. Mag sein, dass er sich Rapaccini nannte, aber ganz offensichtlich war er ein Deutscher.

«Mister Dschielvrai», nickte er. «Hat einen separaten Raum reserviert. Wenn Sie mir bitte folgen wollen?»

An der linken Seite des Speiseraums markierte eine Öffnung in der Wand den Beginn einer schmalen Treppe. Ich folgte dem Herrn dort hinauf und einen kurzen Flur entlang bis zu einer Tür, die das gesamte Ende des Flurs ausfüllte. Er begleitete mich in einen hell erleuchteten kleinen Raum, in welchem ein Tisch für zwei Personen gedeckt war.

«Mister Dschielvrai kommt oft hierher», erklärte der Hausherr. «Er verspätet sich – manchmal. Alles vorbereitet, Sir. Ich hoffe, Sie werden zufrieden sein.»

Der Anblick war durchaus einladend, doch die Luft roch muffig. Als Nächstes fiel mir auf, dass das Fenster trotz des warmen Abends geschlossen und der Vorhang zugezogen war. Ich schob ihn also zur Seite und bemerkte überrascht, dass die Fensterläden ebenfalls geschlossen waren.

«Die müssen Sie aber öffnen», sagte ich, «sonst werden wir hier noch ersticken.»

Mein Begleiter warf einen Blick auf das Fenster. «Ich werde jemanden herschicken», erwiderte er und verließ den Raum. Die Tür schloss sich hinter ihm mit einem merkwürdigen Klicken.

Ich warf mich in einen der Sessel, denn ich war ziemlich erschöpft. Der kleine Tisch blickte verführerisch zu mir herüber; ich war nicht nur müde, sondern auch hungrig. Ich erinnere mich noch an einen großen Strauß roter Rosen. Eine geöffnete Flasche Champagner stand in einem Weinkühler auf einem Beistelltischchen, eine zweite, noch verschlossene Flasche daneben. Ich hatte den Eindruck, Macgillivray lasse es sich hier offenbar ausgesprochen gut gehen.

Der angekündigte Bedienstete tauchte nicht auf, und die stickige Luft machte mich sehr durstig. Ich suchte eine Glocke, fand aber keine. Meine Armbanduhr zeigte inzwischen viertel vor acht, aber noch immer war nichts von Macgillivray zu sehen. Ich füllte mir ein Glas aus der geöffneten Champagnerflasche und wollte es gerade an die Lippen setzen, als meine Augen an etwas in der Zimmerecke hängen blieben.

Es war eines jener kleinen viktorianischen Ecktischchen, die man in jedem Fremdenzimmer findet und die dort stets mit allerlei Fotografien, Korallen und «Andenken aus Brighton» bestückt sind. Auch auf diesem Tischchen stand ein solches Foto in einem abgegriffenen Rahmen, und ich hatte das Gefühl, dieses Bild schon einmal irgendwo gesehen zu haben.

Ich trat also an das Tischchen heran und nahm den Rahmen in die Hand. Das Bild zeigte einen Man von dreißig Jahren mit kurzem Backenbart, nicht zueinander passenden Kiefern und einem herabhängenden Oberlippenbart. Das Duplikat dieses Fotos befand sich in Macgillivrays Aktenschrank. Der Mann war Mr. Routh, der ehemalige Gewerkschaftsführer.

Meine Entdeckung war letztlich gar nichts Besonderes, und doch empfand ich einen empfindlichen Schrecken. Das Zimmer erschien mir auf einmal als ein finsterer Ort; unerträglich beengt war es hier ohnehin. Und da der Bedienstete immer noch nicht kam, um die Fenster zu öffnen, hielt ich es für das Beste, Macgillivray unten zu erwarten.

Doch die Tür ließ sich nicht öffnen. Der Griff drehte sich einfach nicht. Die Tür schien nicht abgeschlossen zu sein, sie besaß nur einen raffinierten Schließmechanismus. Ich bemerkte nun auch, dass es sich um eine mächtige Eichentür mit schwerem Rahmen handelte, die den üblichen schlichten Restauranttüren in keiner Weise glich.

Mein Instinkt riet mir sofort, einen Höllenlärm zu veranstalten und die Aufmerksamkeit der Gäste im Erdgeschoss zu erregen. Ich muss nämlich gestehen, dass ich mich mittlerweile wirklich fürchtete. Offenbar war ich in eine Art Falle geraten. Macgillivrays Einladung mag vorgetäuscht worden sein, denn es ist gar nicht so schwierig, seine Stimme am Telefon zu verstellen. Nur mit Mühe gewann ich meine Ruhe zurück. Die Annahme war ja geradezu lächerlich, mir könne in diesem Raum etwas zustoßen, während keine zehn Meter entfernt ein oder zwei Dutzend Londoner Bürger tafelten. Ich musste nur laut genug rufen, um Neugierige anzulocken.

Vor allem aber wollte ich jedes Aufsehen vermeiden. Für einen aufstrebenden Anwalt und Parlamentarier war es nicht unbedingt förderlich, im Obergeschoss eines Restaurants in Bloomsbury um Hilfe zu rufen. Die geöffnete Champagnerflasche bot da Anlass zu den peinlichsten Mutmaßungen. Und schließlich konnte sich die ganze Angelegenheit am Ende noch als vollkommen harmlos erweisen. Die Tür mochte eingeklemmt sein. Macgillivray konnte jeden Augenblick die Treppe heraufkommen.

Ich nahm also wieder Platz und wartete. Dann fiel mir mein Durst wieder ein, und ich streckte die Hand nach dem Champagnerglas aus.

In selben Moment aber blickte ich zum Fenster herüber und ließ das Weinglas unberührt auf den Tisch sinken.

Es war ein sehr ungewöhnliches Fenster. Der untere Rand berührte beinahe den Fußboden, und die Scharniere der Fensterläden befanden sich nur auf einer Seite. Während ich das Fenster betrachtete, war ich mir gar nicht mehr so sicher, dass es sich überhaupt um ein Fenster handelte.

Gleich darauf erhielt ich Klarheit. Das Fenster öffnete sich wie eine Tür, und in der dunklen Öffnung stand ein Mann.

Seltsamerweise kannte ich ihn. Seine Gestalt vergaß man nicht so schnell.

«Guten Abend, Mr. Docken», sagte ich. «Darf ich Ihnen ein Glas Champagner anbieten?»

Ein Jahr zuvor hatte ich im südöstlichen Bezirk in einem Fall von Einbruchsdiebstahl die Verteidigung übernommen. Strafverfahren sind eigentlich nicht mein Metier, aber ab und zu wagte ich mich doch an einen solchen Fall, um im Stoff zu bleiben, denn nirgendwo kann man den Umgang mit Zeugen so gut erlernen wie in einem Strafprozess. Dieser Fall war übrigens merkwürdig. Angeklagt war ein gewisser Bill Docken, ein Herr, der bei der Polizei nicht im besten Ruf stand. Die Indizien waren gewichtig, aber doch mehr oder weniger unsauber, stützten sie sich doch hauptsächlich auf die Aussagen zweier ehemaliger Komplizen – ein Beleg dafür, dass es mit der sprichwörtlichen Ganovenehre nicht so weit her ist. Die Sache war unschön, und doch galt mein Mitgefühl dem Angeklagten, denn obwohl er wahrscheinlich die Schuld trug, war er doch selbst zum Opfer eines schäbigen Komplotts geworden. Aber wie auch immer, ich gab mir wirklich große Mühe und erreichte nach harten Auseinandersetzungen das Urteil «nicht schuldig». Mr. Docken war damals so freundlich, mir seine Anerkennung auszusprechen; er fragte mich sogar flüsternd, wie es mir denn gelungen sei, «den alten Gauner zu schmieren» – gemeint war der Richter. Die Feinheiten der englischen Strafprozessordnung entzogen sich wohl seinem Urteilsvermögen.

Er trat ins Zimmer, eine mächtige, hoch aufragende Gestalt mit muskulöser Brust, unter besseren Umständen gewiss der Schrecken eines jeden Gegners beim Preisboxen. Er schaute sich mürrisch um, bis er sich allmählich zu entsinnen schien.

«Zum Teufel, es ist der Anwalt», murmelte er.

Ich deutete auf das Champagnerglas.

«Kein Problem», sagte er. «Zum Wohl!» Er kippte den Inhalt mit einem Schluck herunter und wischte sich den Mund am Ärmel ab. «Nehmen Sie auch eins, Boss», fügte er hinzu. «Ein Glas Sekt bringt Sie bestimmt in eine prima Laune.»

«Nun, Mr. Docken», sagte ich. «Ich hoffe, es geht Ihnen gut.» Ich fand meine Konzentration wieder, nachdem sich die Spannung gelöst hatte.

«Geht so, Sir. Geht so. Kann arbeiten wie ein ehrlicher Mann.»

«Und was führt Sie hierher?»

«Nur ein kleiner Job. Einige Freunde von mir wollen Sie für einen Moment aus dem Weg haben, und sie haben mich geschickt, um Sie abzuholen. Da haben Sie aber großes Glück, dass Sie auf einen Freund treffen. Wir müssen es ja nicht unangenehm machen, denn wir beide sind doch Leute von Welt.»

«Ich danke für das Kompliment», entgegnete ich. «Aber wohin wollen Sie mich denn bringen?»

«Keine Ahnung. Irgendwo bei den Docks. Ein Auto wartet hinter dem Haus auf uns.»

«Aber angenommen, ich möchte gar nicht mitkommen?»

«Ist in meinen Anweisungen nicht vorgesehen», erklärte er feierlich. «Sie sind ja ein vernünftiger Kerl und kapieren sicher, dass ich eine Prügelei gewinne.»

«Sehr wahrscheinlich», sagte ich. «Aber Sie müssen ganz schön verrückt sein, so zu reden. Unten befindet sich ein Speiseraum voller Gäste. Ich muss nur etwas lauter werden, und schon kommt die Polizei.»

«Dumm wie ein Kind», sagte er verächtlich. «Die Typen da unten gehören doch alle zum Job. Ganz einfacher Trick, damit Sie hier heraufkommen und nichts ahnen. Wenn Sie jetzt heruntergehen – was ich Ihnen aber nicht gestatte –, würden Sie da unten keine Menschenseele mehr finden. Ich muss schon sagen, Sie sind doch etwas dümmer als ich dachte – als Sie sich mit dem alten Kerl mit der Perücke in Maidstone so hübsch gestritten haben.»

Mr. Docken nahm die Flasche aus dem Weinkühler und füllte sich das Glas erneut.

Alles klang schrecklich überzeugend. Ich sollte entführt und fortgeschafft werden, Lumley hätte den Rückstand wieder ausgeglichen. Nicht ganz allerdings; denn, wie ich eilends überlegte, hatte ich ja Felix auf Tuke angesetzt, und es war durchaus möglich, dass Tommy und Pitt-Heron unversehrt davonkämen. Für mich selbst sah ich allerdings ziemlich schwarz. Je erfolgreicher meine Vorkehrungen wirkten, desto entschiedener würde das «Kraftwerk» an mir Rache nehmen, war ich erst einmal aus dieser hellen Welt hinaus und in sein finsteres Labyrinth hineingeraten.

Ich gab mir große Mühe, meine Stimme fest und ruhig klingen zu lassen.

«Mr. Docken», begann ich, «ich habe Ihnen einmal einen großen Gefallen erwiesen. Ohne mich säßen Sie jetzt im Gefängnis und könnten hier nicht Champagner trinken wie ein feiner Herr. Ihre Kumpane haben Ihnen einen ziemlich üblen Streich gespielt, und genau deswegen habe ich mich für Sie eingesetzt. Ich wusste damals nicht, dass Sie ein Mann sind, der seine Freunde vergisst.»

«Das tue ich auch nicht», sagte er. «Wer behauptet, Bill Docken lässt seine Freunde im Stich, ist ein Lügner.»

«Nun, dann haben Sie jetzt die Möglichkeit, Ihre Schuld zu begleichen. Die Männer, die Sie beauftragt haben, sind meine Todfeinde und wollen mich beseitigen. Für Sie bin ich kein echter Gegner. Sie sind ein kräftiger Bursche und können mich leicht mitschleppen und denen übergeben. Aber wenn Sie das tun, bin ich erledigt. Darauf können Sie Gift nehmen. Ich überlasse Ihnen als anständigem Kerl die Entscheidung. Werden Sie einen Mann im Stich lassen, der Ihnen ein guter Freund war?»

Er trat von einem Fuß auf den anderen und blickte zur Decke. Offensichtlich steckte er in Schwierigkeiten. Dann genehmigte er sich noch ein drittes Glas Champagner.

«Ich darf nicht, Boss. Ich darf Sie nicht gehen lassen. Für die ich arbeite, schneiden mir dann die Kehle durch, sobald sie mich kriegen. Es hilft ja auch nichts. Wenn ich weggehe und Sie in Ruhe lasse, gibt es hier im Haus noch viele andere, die den Job erledigen. So sieht es aus, Boss. Aber seien Sie doch vernünftig und kommen Sie mit mir. Sie wollen Ihnen nicht wirklich was antun. Das schwöre ich. Sie sollen nur ein wenig still sein, Sie haben nämlich eines ihrer Spielchen gestört. Die Leute werden Ihnen nichts antun, wenn Sie höflich mit ihnen reden. Seien Sie ein fairer Verlierer und lächeln Sie wie ...»

«Sie haben Angst vor ihnen», sagte ich.

«Hm ... ja. Ich habe Angst. Echte Angst. Hätten Sie auch, wenn Sie die Typen kennen würden. Ich würde es eher mit allen Kerlen aus der Rat Lane aufnehmen, und zwar an einem Samstagabend, wenn sie ihre Geschäfte erledigen, als meinen Leuten zu erzählen, ich hätte einen Auftrag vermasselt.»

Er zitterte. «Weiß Gott, die sorgen schon dafür, dass einem das Herz in die Hose rutscht.»

«Sie fürchten sich», sagte ich bedächtig. «Deshalb werden Sie mich den Männern ausliefern, vor denen Sie sich fürchten, damit sie mit mir anstellen können, was sie wollen. Das hätte ich nie von Ihnen gedacht, Bill. Ich dachte immer, Sie wären ein Kerl, der es mit jeder Bande aufnimmt, bevor Sie einen Freund verraten.»

«Sagen Sie das doch nicht», bettelte er förmlich. «Sie haben ja keine Ahnung von der Rolle, in der ich stecke.» Seine Augen schienen umherzuirren, und er gähnte.

Just in diesem Augenblick wurde es unten laut. Ich hörte eine Stimme, eine laute, herrische Stimme. Dann rief man meinen Namen: «Leithen! Leithen! Sind Sie hier?»

Der Akzent aus Yorkshire war unverkennbar. Auf wundersame Weise war Chapman mir gefolgt und machte dort unten eine große Szene.

Mein Herz hüpfte vor Freude bei dieser unerwarteten Wendung. «Ich bin hier», brüllte ich. «Oben. Kommen Sie herauf und holen Sie mich heraus!»

Dann wandte ich mich an Bill und lächelte triumphierend. «Meine Freunde haben mich gefunden», sagte ich. «Sie kommen zu spät für Ihren Job. Gehen Sie und erzählen Sie das Ihren Auftraggebern.»

Er schwankte und torkelte plötzlich auf mich zu. «Sie kommen mit. Bei Gott, Sie glauben wohl, Sie hätten mich erledigt. Das werden wir ja sehen.»

Seine Stimme wurde unsicher und er hielt inne. «Was zum Teufel ist los mit mir?» keuchte er. «Alles dreht sich. Ich ...»

Er wirkte wie ein Mann nach mehr als reichlichem Alkoholgenuss; drei Gläser Champagner hätten niemals diese Wirkung auf einen Hünen wie Bill haben dürfen. Mir war sofort klar, was mit ihm los war. Er war nicht betrunken, er stand unter Drogen.

«Sie haben den Wein vergiftet», rief ich. «Sie haben ihn dort hingestellt, damit ich davon trinke und einschlafe.»

Immer gibt es irgendetwas, das einem Halt bietet wie ein letzter Strohhalm. Man kann einen Menschen beleidigen und in Wut versetzen, und doch vermag er alles geduldig zu ertragen. Rührt man aber ans Gemüt selbst, ändert sich die Lage schlagartig. Für Bill war der vergiftete Wein offenbar die Sünde schlechthin, die er nicht verzeihen mochte. Für einen Moment war die Verwirrung aus seinen Augen verschwunden. Er spannte seine Schultern an und brüllte wie ein Stier.

«Vergiftet, bei Gott!» rief er. «Wer hat das getan?»

«Die Männer, die mich hier eingesperrt haben. Drücken Sie diese Tür ein, und Sie werden sie finden.»

Er starrte die verschlossene Tür an, glühend vor Zorn, und schleuderte sein mächtiges Körpergewicht dagegen. Die Tür ächzte und bog sich, doch Schloss und Scharniere hielten stand. Ich bemerkte, wie der Schlaf ihn überwältigte und seine Glieder steif wurden, doch die Wut in ihm war immer noch stark genug für einen zweiten Versuch. Noch einmal zog er sich zusammen wie eine große Katze, dann warf er seinen Körper gegen die hölzerne Wand. Die Scharniere sprangen aus dem Rahmen und die Tür brach nach vorn in den Flur, eingehüllt in eine Wolke aus Splittern und Staub und zerbröseltem Gips.

Dies war Mr. Dockens letzter Einsatz. Er lag zuoberst auf dem Schutthaufen, den er selbst geschaffen hatte, so wie Samson auf den Ruinen von Gaza, ein tief schlummernder Gigant.

Ich griff nach der ungeöffneten Champagnerflasche – der einzigen verfügbaren Waffe – und stieg über seinen massigen Körper hinweg. Allmählich bereitete das Ganze mir Vergnügen.

Wie erwartet entdeckte ich im Flur einen Mann, einen kleinen Kerl in Kellnerkleidung, aber mit Tweedjacke anstelle des Fracks. Falls er eine Pistole bei sich hatte, war ich verloren, doch setzte ich darauf, dass die Betreiber des Lokals Schüsse eher verabscheuten.

Er besaß ein Messer, hatte aber keine Chance, davon Gebrauch zu machen. Meine Champagnerflasche sauste auf seinen Schädel nieder und er ging zu Boden, ohne sich zu rühren.

Andere Männer stürmten die Treppe herauf – nicht Chapman, denn ich hörte seine heiseren Rufe noch aus dem Speisesaal. Waren sie erst hier oben, konnten sie mich durch die offene Tür in jenes schreckliche Zimmer zurückzerren, und fünf Minuten später säße ich in ihrem Wagen.

Ich wusste mir nur auf eine einzige Weise zu helfen. Vom oberen Ende der Treppe sprang ich mitten in meine Gegner hinein. Ich glaube, sie waren zu dritt, und mein Sprung warf sie nieder. Als wild durcheinanderwirbelnder Haufen rollten wir hinunter und ins Speisezimmer, wo mein Kopf heftig aufs Parkett aufschlug.

Ich erwartete ein kurzes Handgemenge, aber nichts dergleichen geschah. Mein Kopf war noch arg benommen, doch gelang es mir, wieder auf die Beine zu kommen. Die Fersen meiner Feinde dagegen sah ich noch die Treppe hinaufeilen. Chapman betastete meine Rippen, um festzustellen, ob Knochen gebrochen waren. Im Raum befand sich niemand sonst, bis auf zwei Polizisten, die gerade von draußen eintraten.

Chapmans Gesicht war gerötet, und er atmete heftig: Sein Mantel war an der Schulter aufgerissen, doch er strahlte glücklich wie ein Kind.

Ich ergriff seinen Arm und flüsterte ihm ins Ohr. «Wir müssen sofort aus dieser Sache herauskommen. Wie können wir diese Polizisten beruhigen? Es darf keine Untersuchung geben, und die Zeitungen dürfen nichts berichten. Verstehen Sie mich?»

«Das geht in Ordnung», sagte Chapman. «Diese Bobbies sind Freunde von mir, zwei gutherzige Kerle aus Wensleydale. Ich habe sie unterwegs getroffen und gebeten, mitzukommen für den Fall, dass ich die Hilfe des Gesetzes benötige – ich dachte mir schon, dass so etwas passiert. Sie sind auch nicht zu früh hereingekommen, um mir den Spaß zu verderben, denn ich konnte zehn Minuten lang allerlei Ganoven verdreschen. *Sie* haben aber offenbar auch eine ganz anständige Rauferei mitgemacht.»

«Gehen wir erst einmal nach Hause», sagte ich, denn mir kamen die großen Fragen in den Sinn.

Zunächst aber schrieb ich eine kleine Notiz an Macgillivray und bat einen der Schutzmänner, sie zu Scotland Yard zu bringen. Ich bat darin, in Bezug auf dieses Restaurant zunächst einmal nichts zu unternehmen und vor allem keine Meldung an die Zeitungen zu geben. Dann bat ich den anderen der beiden Polizisten, uns nach Hause zu begleiten. Angesichts zweier kräftiger Männer mochte diese Bitte an einem Sommerabend und im belebtesten Teil Londons seltsam erscheinen, aber ich wollte kein Risiko eingehen. Das «Kraftwerk» hatte mir den Krieg erklärt, und mir war klar, dass in diesem Krieg keine Rücksichten galten.

Ich brannte darauf, diesen Ort zu verlassen. Die Lust am Streit war mir wieder vergangen, und hinter jedem Stein dieses Hauses spürte ich eine Bedrohung. Chapman hätte gern noch eine fröhliche Stunde mit einem Streifzug durchs Gebäude zugebracht, er ließ sich aber durch meine Niedergeschlagenheit davon abbringen. Ich war nämlich tatsächlich fassungslos. Diesen plötzlichen Angriff konnte ich mir nicht erklären. Lumleys Spione dürften ihm schon längst genug berichtet haben, um mich mit den Vorgängen in Buchara in Verbindung zu bringen. Allein schon meine Besuche in der Botschaft dürften als Beweise ausgereicht haben. Nun aber musste er irgendetwas Neues erfahren haben, das ihn erschreckte – oder in Turkestan musste allerhand vorgefallen sein.

Jenen Heimweg in großer Eile werde ich nie vergessen. Es war ein schöner, dämmriger Juliabend. Die Straßen waren voll wie immer – mit Verkäuferinnen in dünnen Kleidchen, promenierenden Angestellten und dem üblichen Treibgut des Londoner Sommers. Dies schien der sicherste Ort auf Erden. Und doch war ich froh über die Begleitung des Polizisten, der uns an der Grenze seines Reviers einem Kollegen anvertraute, und ich war froh über Chapman. Denn ich bin mir sicher, dass ich ohne Begleitung niemals zu Hause angekommen wäre.

Merkwürdigerweise deutete nichts auf Schwierigkeiten hin, ehe wir die Oxford Street betraten. Dort jedoch fiel mir auf, dass wir Leuten begegneten, die mich offenbar ziemlich gut kannten. Ich bemerkte sie erstmals an der Einmündung einer dieser kleinen finsteren Seitenstraßen, die zu Hinterhäusern und schäbigen Höfen führen. Ganz plötzlich wurde ich dort nämlich auf geschickte Weise von Chapman getrennt und ins Dunkle geschoben, doch ich erkannte das rechtzeitig und kämpfte mich auf den Gehsteig zurück. Wer die Leute waren, die mich dort bedrängten, konnte ich allerdings nicht genau feststellen. Irgendwelche Allerweltsgesichter, doch hatte ich den Eindruck, dass auch Frauen zu ihnen gehörten.

Dies ereignete sich zweimal, und so blieb ich wachsam, wurde aber trotzdem beinahe gefangen, bevor wir Oxford Circus erreichten. Ein großes Kaufhaus wurde gerade umgebaut, und vor der Fassade stand die übliche hölzerne Absperrung mit einem Tor darin. Genau in dem Moment, als wir daran vorbeigingen, gerieten wir in eine Menschenansammlung; ich befand mich nahe an der Sperrwand und wurde zum Tor hin gedrängt. Plötzlich gab die Tür nach, und man bugsierte mich ins Innere. Bevor ich die Gefahr begriff, stand ich schon hinter der Wand, und das Tor schloss sich wieder. Drinnen warteten sicherlich Leute, aber im Dämmerlich konnte ich nichts erkennen.

Für falschen Stolz war jetzt nicht die Zeit. Ich rief nach Chapman, und im nächsten Augenblick stemmte er seine kräftige Schulter in die Öffnung. Die Gauner verschwanden, und ich glaube sogar, dass eine höfliche Stimme mich um Verzeihung bat.

Nach diesem Zwischenfall hielten Chapman und ich einander an den Armen und marschierten so durch Mayfair. Wirklich sicher fühlte ich mich aber erst, als die Wohnungstür hinter uns ins Schloss fiel.

Wir gönnten uns einige Drinks, und ich streckte mich im Sessel aus, denn ich fühlte mich so erschöpft wie nach einem Rugby-Spiel.

«Ich verdanke Ihnen viel, alter Knabe», sagte ich. «Ich denke, jetzt werde ich also wohl der Labour-Partei beitreten. Sie können Ihre Leute bitten, mir die Fraktionsführer auf den Hals zu hetzen. Wie sind Sie denn nur auf die Idee gekommen, nach mir zu suchen?»

Die Erklärung war recht einfach. Ich hatte das Restaurant am Telefon erwähnt, und der Name hatte bei Chapman an eine ferne Erinnerung gerührt. Zunächst konnte er sie nicht greifen, doch allmählich entsann er sich wieder, dass dieses Lokal im Falle Routh eine Rolle spielte. Das Londoner Büro von Routh befand sich damals genau an diesem Ort in der Antioch Street. Kaum war ihm das eingefallen, hatte er sich auch schon ein

Taxi bestellt; er stieg an einer Ecke der Antioch Street aus und traf dort dank einem glücklichen Zufall seine beiden Freunde aus Wensleydale.

Er war dann offenbar ins Restaurant hineingestürmt und hatte außer einem unfreundlichen Manager niemanden angetroffen. Dieser bestritt, mich gesehen zu haben. Zum Glück habe Chapman sich dann noch vergewissern wollen, indem er meinen Namen rief, und er vernahm meine Antwort. Daraufhin schlug er den Manager nieder und wurde gleich darauf von mehreren Leuten attackiert, die er «fremdländische Bande» titulierte. Die Angreifer trugen Messer, was ihn aber wenig kümmerte, denn er schleuderte einen Tisch wie einen Rammbock in die Menge, sehr zum Schaden seiner Widersacher.

Er war glänzender Laune. «Seit ich Schüler war, hat mir nichts mehr so viel Freude bereitet», schwärmte er. «Ich hatte allmählich befürchtet, Ihr ganzes ‹Kraftwerk› würde ein Reinfall, aber heute Abend gab es anständig was zu tun. So etwas nenne ich Leben!»

Was meine Stimmung betraf, konnte ich nicht ganz mit ihm Schritt halten. Tatsächlich war ich furchtbar irritiert – die Angst war weniger schlimm als das Rätsel. Diesen plötzlichen Überfall konnte ich mir nicht erklären. Entweder wussten meine Widersacher mehr, als ich bisher zusammengetragen hatte, oder ich war einfach viel unwissender als gedacht.

«Das ist ja alles schön und gut», sagte ich, «aber ich sehe noch nicht, wie diese ganze Geschichte ausgehen wird. Bei diesem Tempo können wir nicht mehr lange mithalten. Wenn sie so vorgehen, ist es nur eine Frage von Stunden, bis sie mich haben.»

Wir verbarrikadierten uns in der Wohnung, so gut es eben ging, und auf seine dringende Bitte hin händigte ich Chapman den Revolver wieder aus.

Dann erhielt ich den entscheidenden Hinweis, auf den ich gewartet hatte. Gegen elf Uhr abends, wir saßen noch zusammen und rauchten, klingelte das Telefon. Felix war am Apparat.

«Es gibt Neuigkeiten», sagte er. «Die Jäger haben die Gejagten erreicht, und einer der Jäger ist tot. Der andere wurde festgenommen und befindet sich in unserem Gewahrsam. Er hat gestanden.»

Es ging tatsächlich um einen geplanten Meuchelmord. Die Grenzpolizei hatte die beiden Männer beschattet, bis diese die Schlucht betraten, in welcher sie Tommy und Pitt-Heron begegneten. Die vier redeten aufeinander ein, dann feuerte Tuke mit voller Absicht auf Charles, streifte aber nur dessen Ohr. Woraufhin Tommy sich auf ihn stürzte und ihm den Revolver aus der Hand schlug. Der Attentäter ergriff die Flucht, doch die Polizei, die oben auf dem Berg postiert war, streckte ihn mit einem Gewehrschuss nieder. Tommy bearbeitete Saronov mit den Fäusten, und der Mann kapitulierte schnell und ergab sich. Er hatte alles gestanden, so Felix, doch wie diese Aussagen eigentlich lauteten, wusste er nicht zu sagen.

7. KAPITEL
IN SICHERHEIT

Als ich diese Nachricht erhielt, fielen meine Unruhe und Unentschlossenheit schlagartig von mir ab. Ich hatte die erste Runde gewonnen, und auch die letzte würde an mich gehen. Mir war nämlich plötzlich bewusst, dass ich jetzt Beweise in Händen hielt, um Lumley zu vernichten. Ich war mir sicher, dass es nicht schwer fallen dürfte, seine Identität mit Pavia und den Empfang von Saronovs Telegramm nachzuweisen; Tuke war ein Geschöpf Lumleys, und Tukes mörderischer Auftrag stammte von niemand anderem. Natürlich wusste ich immer noch wenig genug, eine weit gespannte Verschwörung wie das «Kraftwerk» konnte ich niemandem nachweisen, aber ein versuchter Auftragsmord rangiert auf der Liste der Offizialdelikte auch nicht gerade auf den unteren Rängen. Ich sah den Weg vor mir, meinen Widersacher auszuschalten, jedenfalls was den Fall Pitt-Heron betraf. Vorausgesetzt zumindest – und das war ein ziemlich gravierender Vorbehalt –, man gab mir die Möglichkeit, von meinem Wissen Gebrauch zu machen.

Genau darin aber bestand die Schwierigkeit. Was ich jetzt wusste, hatte Lumley schon ein paar Stunden vor mir erfahren. Der Anlass für den Zwischenfall an der Antioch Street lag auf der Hand. Falls Lumley also überzeugt davon war, dass mir hinreichende Beweise gegen ihn persönlich vorlagen – und es war ziemlich sicher, dass er davon ausging –, würde er alles daran setzen, mich mundtot zu machen. Ich musste meine Erklärung also so früh wie möglich an den richtigen Ort befördern.

Ich ahnte bereits, dass die nächsten vierundzwanzig Stunden recht ereignisreich und eher ungemütlich verlaufen sollten. Und trotzdem fürchtete ich mich nicht. Ich war viel zu stolz, um nervös zu werden. Ich hatte gegen Lumley einen Punkt gewonnen und meinen Respekt vor ihm verloren. Wäre ich damals besser informiert gewesen, hätte ich mich weniger sicher gefühlt. So aber hinderte dieses Selbstvertrauen mich daran, das offensichtlich Richtige und Sichere zu tun: Macgillivray anzurufen, ihm alle wesentlichen Fakten zu offenbaren und ihn um Polizeischutz zu bitten. Stattdessen hielt ich mich für raffiniert genug, die Angelegenheit selbst zu Ende zu bringen. Und es war wohl das gleiche übersteigerte Selbstvertrauen, das Lumley davon abhielt, noch am selben Abend mit mir abzurechnen. Denn eine Organisation wie die seine wäre spielend imstande gewesen, in meine Wohnung einzudringen und uns beide zu erledigen. Ich nehme an, er war sich einfach noch nicht im Klaren darüber, wie viel ich eigentlich wusste, und so zögerte er noch vor dem letzten Schritt – mich zum Schweigen zu bringen.

Ich blieb noch bis in die frühen Morgenstunden wach, brachte meine Beweise in eine rechtlich einwandfreie Form und fertigte zwei Exemplare dieser Niederschrift an. Eine war für Macgillivray bestimmt und die andere für Felix, denn ich wollte kein Risiko eingehen. Anschließend ging ich zu Bett und schlief friedlich ein; wie üblich wurde ich morgens von Waters geweckt. Mein Bediensteter hatte eine eigene Wohnung, er kam gewöhnlich erst morgens gegen sieben Uhr. Alles war so normal und gemütlich, dass ich geneigt war, meine Erlebnisse am Vorabend für einen Traum zu halten. Im Licht der Sommersonne erscheinen die Wege der Finsternis uns fern. Ich war bester Laune, als ich mich ankleidete und mir ein deftiges Frühstück genehmigte.

Dann gab ich dem geduldigen Chapman meine Anweisungen. Er sollte das Dokument zu Scotland Yard bringen, nach Macgillivray fragen und ihm das Schreiben persönlich aushändigen. Anschließend sollte er mich in der Down Street anrufen und bestätigen, dass dieser Schritt getan war. Meinen Angestellten hatte ich bereits darüber informiert, dass ich nicht in die Kanzlei kommen würde.

Nichts scheint leichter, als bei Tageslicht in einem der belebtesten Viertel Londons weniger als eine Meile zurückzulegen und dabei einfach nur einen Brief zu transportieren. Ich wusste aber, dass Lumleys Spione nicht untätig waren und Chapman so weit mit mir in Verbindung bringen würden, dass sich eine Verfolgung lohnte. In diesem Fall war ein gewaltsamer Zwischenfall nicht auszuschließen. Ich hielt es für meine Pflicht, Chapman darauf hinzuweisen, doch er lachte mich bloß aus. Er wollte zu Fuß gehen – und er wollte den Mann sehen, der es wagte, sich mit ihm anzulegen. Nach den Erlebnissen des vorherigen Abends brannte Chapman geradezu darauf, es mit jedem Gegner aufzunehmen. Er steckte also meinen Brief an Macgillivray in seine Innentasche, knöpfte den Mantel zu, setze seinen Filzhut auf und machte sich entschlossen auf den Weg.

Eine halbe Stunde später erwartete ich seine Meldung, denn er war normalerweise ein eiliger Fußgänger. Doch die halbe Stunde verging, dann eine Dreiviertelstunde, und nichts geschah. Um elf Uhr rief ich Scotland Yard an, doch dort hatte man ihn nicht gesehen.

Da wurde ich schrecklich besorgt, denn nun war klar, dass meinem Boten etwas Schlimmes widerfahren war. Zunächst wollte ich unverzüglich aufbrechen und nach ihm suchen, doch ein kurzes Nachdenken überzeugte mich davon, dass ich auf diese Weise nur dem Gegner in die Hände spielte. Eine weitere Stunde lang bezwang ich meine Ungeduld; dann aber, einige Minuten nach zwölf, erhielt ich einen Anruf aus dem St. Thomas's Hospital.

Ein junger Arzt war am Apparat; er erklärte mir, Mr. Chapman habe ihn gebeten, mich anzurufen und zu berichten, was geschehen sei. An der Ecke von Whitehall hatte ein Auto ihn angefahren. Es war nichts Ernstes – nur eine Gehirnerschütterung und einige Schürfwunden am Kopf. In ein oder zwei Tagen könne er entlassen werden.

Dann aber fügte er noch etwas hinzu, das mir das Blut in den Adern gefrieren ließ. «Mr. Chapman hat mich pesönlich darum gebeten, Ihnen mitzuteilen, dass der Brief verschwunden ist.» Ich stotterte irgendeine Antwort und fragte, was das bedeute.

«Er sagte nur», fuhr der Arzt fort, «dass wohl Taschendiebe am Werk waren, als man ihm gerade wieder auf die Beine half, und der Brief wurde entwendet. Er sagte, Sie wüssten schon, was das bedeutet.»

Ich wusste nur zu gut, was das bedeutete. Lumley besaß jetzt meine Erklärung und war vollkommen darüber im Bilde, wie tief ich eingeweiht war und welche Beweise gegen ihn ich in der Hand hielt. Bisher konnte er das nur vermuten, jetzt wusste er es. Er musste aber auch wissen, dass es noch irgendwo eine Kopie dieses Schreibens gab und dass ich höchstpersönlich versuchen würde, das Schriftstück weiterzuleiten. Jetzt würde es also viel schwieriger werden als erwartet, meiner Botschaft noch Gehör zu verschaffen, und ich musste mich darauf einstellen, dass meine Gegner vor Gewalt nicht mehr zurückschreckten.

Angesichts der Gefahr wurde ich wieder vollkommen ruhig. Ich verschloss die Außentür zu meiner Wohnung und rief die Garage an, in der mein Wagen bereitstand; Stagg beauftragte ich, mich um genau zwei Uhr abzuholen. Anschließend steckte ich mir eine Pfeife an und versuchte, die ganze Angelegenheit zu verdrängen, denn jedes weitere Grübeln konnte nur schaden.

Mir fiel ein, dass ich Felix ja ebenfalls anrufen konnte, um ihm zumindest eine grobe Vorstellung von der gegenwärtigen Lage zu geben. Allerdings musste ich feststellen, dass die Telefonleitung mittlerweile unterbrochen war, eine Verbindung war unmöglich. Das gesprochene und das geschriebene Wort waren mir demnach verwehrt. Geschehen war dies erst in der letzten halben Stunde, und an einen Zufall mochte ich nicht glauben. Waters, mein Bediensteter, den ich nach dem Frühstück mit einem Auftrag losgeschickt hatte, war ebenfalls nicht wieder aufgetaucht. Die Belagerung hatte begonnen.

Es war ein heißer Hochsommertag. Die Wagen mit Wassertanks besprühten die Piccadilly; wenn ich aus meinem Fenster schaute, konnte ich elegante junge Herren bei ihrem entspannten Morgenbummel beobachten. Ein Blumenkarren voller roter Rosen stand ein wenig unterhalb von mir am Straßenrand. Die Sommergerüche der großen Stadt – eine Mischung aus Teer, Blumenduft, Staub und Patschuli-Öl – glitten wie Wellen durch die heiße Luft. Dies war das vertraute London, das ich so gut kannte, und doch war ich davon ausgeschlossen. Man hatte mich auf furchtbare Weise von allem abgesondert, und falls keine Hilfe kam, drohte mir der Tod. Ich war durchaus gefasst, will aber nicht leugnen, dass ich schreckliche Angst spürte. Jetzt verfluchte ich mein unsinniges Selbstvertrauen der vergangenen Nacht. Ansonsten würden Macgillivray und seine Männer mir nämlich jetzt zur Seite stehen. Nun war ich mir nicht mehr sicher, ob ich ihn jemals wiedersehen würde.

Ich zog meinen Flanellanzug an, genehmigte mir noch einige Sandwiches und Whisky mit Soda und hielt um zwei Uhr Ausschau nach Stagg und meinem Wagen. Er verspätete sich um fünf Minuten – etwas, das nie zuvor geschehen war. Und dennoch hatte mich bisher nichts so sehr beglückt wie der Anblick dieses Autos. Ich hatte kaum noch zu hoffen gewagt, dass der Wagen bis zu mir durchkam.

Mein Ziel war die Botschaft am Belgrave Square. Allerdings wusste ich genau, dass mir das gleiche Schicksal wie Chapman drohte, sollte ich dieses Ziel auf direktem Wege ansteuern. Nein, schlimmer noch – mir würden sie nicht nur den Brief nehmen, denn was ich einmal niedergeschrieben hatte, konnte ich ja auch ein weiteres Mal schreiben; wollten sie mich endgültig zum Schweigen bringen, mussten sie schon zu härteren Maßnahmen greifen. Ich nahm mir also vor, meine Verfolger zu täuschen, indem ich die westlichen Vorstädte in einem weiten Bogen umkreise, und erst dann den Weg zur Botschaft einzuschlagen, wenn die Straßen frei waren.

Ich empfand eine ungeheure Erleichterung, als ich die Treppe zur Straße hinunterging und ins warme Licht der Sonne eintauchte. Unten gab ich Stagg die nötigen Anweisungen, lehnte mich dann im verschlossenen Wagen zurück und verspürte eine gespannte Erwartung auf das, was mir bevorstand. Ich selbst hatte die letzte Runde dieses abenteuerlichen Spiels eingeläutet. An der Ecke der Down Street betrachtete ein Mann neugierig meinen Wagen. Ohne Zweifel gehörte er zu meinen Verfolgern.

Wir fuhren die Park Lane hinauf und in die Edgware Road; Stagg hatte ich gebeten, einen Weg durch Harrow und Brentford zu wählen. Gut aufgehoben im eigenen Wagen fühlte ich mich ein wenig sicherer, und meine angespannten Nerven kamen zur Ruhe. Ich wurde sogar ein wenig schläfrig und gönnte mir ein kleines Nickerchen. Staggs kräftiger Rücken füllte den Blick nach vorn aus, so wie zwei Wochen zuvor auf der Fahrt durch den Westen von England, und im Halbschlaf bewunderte ich die nahezu ziegelrote Hautfarbe an seinem Nacken. Er gehörte früher zum Wachbataillon, und in den Burenkriegen hatte ihn in der Schlacht am Modder River eine Kugel am Nacken gestreift und eine lange Narbe hinterlassen, so dass sein Haar an dieser Stelle immer wirkte, als sei es schlecht frisiert. Die Geschichte hatte er mir in Exmoor erzählt.

Da rieb ich mir plötzlich die Augen. Von einer Narbe war nichts zu sehen; das Haar des Chauffeurs fiel ihm ganz gleichmäßig auf den Kragen. Die Ähnlichkeit war perfekt, die Stimme war die von Stagg, doch ohne Zweifel saß dort nicht Stagg am Steuer meines Wagens.

Ich zog sofort die Sichtblende herunter, als wollte ich mich vor der Sonne schützen, die durch die Frontscheibe hereinschien. Beim Blick nach draußen erkannte ich, dass wir uns mitten auf der Edgware Road befanden und die Kreuzung mit der Marylebone Road unmittelbar vor uns lag. Jetzt oder nie musste ich handeln, denn an dieser Stelle kommt es stets zu einem Stau.

Der Wagen verlangsamte seine Fahrt, da ein Verkehrspolizist die Hand hob. Sehr sachte öffnete ich die Tür auf der linken Seite. Weil der Wagen noch ganz neu war, ließ sie sich tatsächlich leise öffnen; in zwei Sekunden stand ich auf der Straße, schloss die Tür, verschwand zwischen einem Fleischerkarren und einem motorisierten Bus und erreichte den Gehsteig. Ich blickte kurz zurück und stellte fest, dass der Chauffeur nichts bemerkt hatte und immer noch am Steuer saß.

Vorsichtig bewegte ich mich durch die Menschenmenge; mit einer Hand griff ich an meine Brusttasche, um mich zu vergewissern, dass meine Niederschrift immer noch darin steckte. In der Nähe gab es einen kleinen Bilderladen, den ich gelegentlich aufsuchte; der Besitzer war ein Fachmann für die Reinigung und Restaurierung von Kunstwerken. Ich hatte ihm bereits einige Kunden vermittelt, und so durfte ich wohl auf seine Hilfe zählen. Ich trat also aus der blendenden Helle der Straße hinein in einen kühlen, schattigen Ort. Dort saß der Mann auch schon und prüfte gerade durch seine Brillengläser einige verstaubte Drucke.

Er begrüßte mich freundlich und folgte mir in den hinteren Teil des Ladens.

«Mr. Levison», sagte ich, «haben Sie vielleicht einen Hinterausgang?»

Er blickte mich überrascht an. «Aber ja; es gibt eine Tür zu der Gasse, die die Edgeley Street mit der Connaught Mews verbindet.»

«Würden Sie mir wohl gestatten, sie zu benutzen? Sehen Sie, da draußen habe ich einen Freund entdeckt, dem ich gern aus dem Weg ginge. So etwas kommt ja vor, wie Sie wissen.»

Er lächelte verständnisvoll. «Aber sicher, Sir. Kommen Sie bitte hier entlang.» Und er führte mich durch einen dunklen Flur, dessen Wände mit schäbigen Alten Meistern bedeckt waren, zu einem kleinen Innenhof, der ganz mit Haufen alter Bilderrahmen angefüllt war. Dort öffnete er eine Pforte in der Mauer, und ich befand mich in einer schmalen Gasse. Noch in der Tür hörte ich die Glocke der Ladentür. «Falls jemand fragen sollte, haben Sie mich hier nicht gesehen; bitte denken Sie daran», sagte ich, und Mr. Levison nickte. Er war auf seine bescheidene Weise ein Künstler, und so liebte er die Aura des Geheimnisvollen.

Ich eilte die Gasse hinunter und gelangte über allerlei Seitenstraßen nach Bayswater. Vermutlich hatte ich meine Verfolger für eine Weile abgeschüttelt, doch ich musste ja zur Botschaft vordringen, und deren Viertel wurde mit Sicherheit streng überwacht. Die Bayswater Road betrat ich ziemlich weit westlich, und ich hielt es für ratsam, den Weg in südöstlicher Richtung durch den Park zu nehmen. Der Grund dafür war, dass der Bezirk rund um Hyde Park Corner um diese Tageszeit sehr belebt war, und ich fühlte mich inmitten einer Menschenmenge einfach sicherer als in den leeren Straßen von Kensington. Wenn ich jetzt gründlicher darüber nachdenke, muss ich freilich einräumen, dass diese Entscheidung allzu rasch und unüberlegt fiel; da Lumley ja nun über das Ausmaß meiner Kenntnisse unterrichtet war, würde er mich weniger rücksichtsvoll behandeln als Chapman, und die Abgeschiedenheit des Parks bot ihm dafür eine allzu gute Gelegenheit.

Ich überquerte den Reitweg und die freie Fläche, auf der sonntags immer die Kundgebungen stattfinden. Dort war niemand zu sehen, nur einige Nonnen und Spaziergänger und spielende Kinder; andere führten ihre Hunde aus. Kurz darauf erreichte ich Grosvenor Gate; gut gekleidete Menschen rasteten hier auf grünen Stühlen und erfreuten sich an der frischen Luft. Ich entdeckte mehrere Bekannte unter ihnen, ich hielt also einen Augenblick an, um mich mit einem von ihnen zu unterhalten. Dann begab ich mich in die Park Lane und spazierte zum Hamilton Place.

Bisher war mir, so dachte ich, niemand gefolgt, doch nun spürte ich wieder jenes unbestimmte und doch untrügliche Gefühl, beobachtet zu werden. Mein Blick fiel auf einen Mann, der mich von der anderen Straßenseite aus anstarrte, und mir schien, dass er jemandem, der weiter entfernt stand, ein Zeichen gab. Bis zum Belgrave Square war es nur noch eine viertel Meile, aber die würde es in sich haben.

Kaum hatte ich die Piccadilly betreten, bestand kein Zweifel mehr an der Gegenwart meiner Verfolger. Dieses Mal bewies Lumley durchaus Stil. Was ich am Abend zuvor erlebt hatte, war gewissermaßen die Generalprobe; nun aber hatte das

«Kraftwerk» all seine Energie gebündelt. Der Platz war angefüllt mit der Menschenmenge, wie sie für diese Zeit des Jahres üblich ist; mehrere Male musste ich meinen Hut ziehen. Oben im Erkerfenster des Bachelors' Club saß einer meiner jungen Freunde; er schrieb einen Brief, nippte an seinem Longdrink und schien sich abgrundtief zu langweilen. Ich hätte gern mit ihm getauscht, denn in diesem Augenblick war mein Leben auf eine geradezu schmerzliche Weise aufregend. Mutterseelenallein wanderte ich durch jene Menge, von allen abgeschieden und geächtet, und helfen konnte ich mir nur noch selbst. Ich konnte einen Polizisten ansprechen, doch der würde mich für betrunken oder verrückt halten – und doch konnte ich jeden Moment Opfer eines Verbrechens werden, das so fein und raffiniert ersonnen war, dass es den Horizont eines Londoner Polizeibeamten überstieg.

Nun erkannte ich, wie dünn der Firnis der Zivilisation tatsächlich ist. Ein Unfall und ein falscher Rettungswagen, ein fingierter Vorwurf und eine vorgetäuschte Verhaftung – es gab Dutzende Möglichkeiten, mich aus dieser bunten und fröhlichen Welt hinauszuschaffen. Ein weiteres Zögern hätten meine Nerven jetzt nicht mehr überstanden; ich nahm also allen Mut zusammen und überquerte die Straße.

Nur knapp entging ich Chapmans Schicksal. Ein Wagen, der scheinbar vor der Tür eines Clubs wartete, gab plötzlich Gas und raste auf mich zu, und ich konnte mich nur durch den Sprung auf eine Verkehrsinsel retten. Zögern durfte ich jetzt wahrlich nicht mehr, und so legte ich das letzte Stück laufend zurück, wobei ich einem Bus und einem Motorrad nur um Haaresbreite entging, und stand schließlich vor der Umzäunung des Green Park.

Hier war es weniger belebt, doch ereigneten sich einige merkwürdige Dinge. Am Bordstein stand eine kleine Gruppe von Arbeitern mit ihren Werkzeugen, und sie alle bewegten sich ganz plötzlich auf mich zu. Ein Straßenkünstler, vermeintlich ein Krüppel, erhob sich augenblicklich und schlug die gleiche

Richtung ein. An der Straßenecke stand ein Polizist, und ich sah, wie ein gut gekleideter Herr auf ihn zutrat, mit ihm redete und mit dem Kopf auf mich wies, und nun setzte sich auch der Polizist in Bewegung.

Ich wartete nicht länger. Ich eilte los und rannte um mein Leben – und zwar Grosvenor Place hinab.

Vor langer Zeit war ich in Eton Schulsieger über eine Meile gewesen, und in Oxford war ich immerhin Zweiter über eine Viertelmeile. Doch weder in Eton noch in Oxford war ich jemals so schnell gelaufen wie jetzt. Glühend heiß war es, doch spürte ich nichts davon, denn meine Hände waren klamm und mein Herz kalt wie Stein. Wie das Rennen ablief, vermag ich nicht zu sagen, denn ich verschwendete daran keinen Gedanken. Ich dachte auch nicht darüber nach, welch ein Schauspiel ich darbot – wie ein Dieb in vollem Lauf auf einer Londoner Hauptstraße, und das an einem Nachmittag im Juni. Ich wusste nur, dass meine Feinde mich umzingelten und hinter mir her waren – und dass mein sicheres Ziel vor mir lag, nicht viel mehr als hundert Meter entfernt.

Doch selbst im Laufen konnte ich meine Schritte noch abwägen, und so begriff ich, dass der Haupteingang der Botschaft nicht in Frage kam. Denn erstens wurde er bewacht, und zweitens hätten meine Verfolger mich längst überwältigt, noch bevor die ehrwürdigen Türsteher das Portal öffnen konnten. Meine einzige Hoffnung war der Hintereingang.

An der Nordseite des Platzes bog ich deshalb in die Mews ein, und als ich zurückblickte, sah ich, wie zwei Männer von dort herüberliefen, um mir womöglich den Weg abzuschneiden. Eine Trillerpfeife ertönte, und weitere Männer tauchten auf: einer am gegenüberliegenden Ende der Mews, ein zweiter stürzte aus der Tür einer Kneipe, und ein dritter glitt eine Leiter hinab, die zu einer Dachluke führte. Dieser dritte war mir am nächsten; er versuchte, mich aufzuhalten, und ich gestehe gern, dass ein Schlag meiner Linken gegen sein Kinn ihn aufs Pflaster streckte. Ich entsann mich, dass die Botschaft von meiner

Seite aus das fünfte Haus sein musste, und so bemühte ich mich fieberhaft, die Häuser anhand ihrer rückwärtigen Fassaden abzuzählen. Das ist gar nicht so einfach, wie es klingt, denn der Londoner Hausbesitzer unserer Tage schmückt selbst seinen Hinterhof mit allerlei baulichen Zutaten, die übergangslos ans nachbarliche Mauerwerk grenzen. Letztlich blieb mir nur eine Mutmaßung, als ich vor einer Tür stand, die zu meiner Freude unverschlossen war. Ich stürzte hindurch und schlug sie hinter mir zu.

Ich befand mich in einem gemauerten Durchgangsflur, der sich auf eine Seite zu einer Garage hin öffnete. Dort begann ein hölzernes Treppenhaus, das in ein höher gelegenes Stockwerk führte; vorn befand sich noch eine gläserne Tür, durch die man in einen großen, unbenutzten Raum gelangte, der mit Schachteln angefüllt war. Jenseits davon gab es zwei weitere Türen; eine davon war verschlossen. Die andere führte zu einer steilen Eisentreppe, über die man offenbar die tieferen Bereiche des Hauses betrat.

Ich eilte diese Treppe hinunter – sie war nicht viel mehr als eine Leiter –, überquerte einen kleinen Innenhof, folgte einem Flur – und stand plötzlich in der Küche, wo ich einen erstaunten Koch mit weißer Mütze vor mir sah, der soeben einen Topf vom Herd nahm.

Sein Gesicht war rot und zornig, und ich fürchtete schon, er werde mir den Topf an den Schädel werfen. Ich hatte ihn bei einem sehr diffizilen Vorgang gestört, und der Stolz des Künstlers war zutiefst gekränkt.

«Monsieur», stammelte ich auf Französisch, «bitte entschuldigen Sie mein Eindringen. Umstände haben mich gezwungen, dieses Haus durch den Hintereingang zu betreten. Ich bin ein Bekannter Seiner Exzellenz, Ihres Vorgesetzten, und ein alter Freund von Monsieur Felix. Ich bitte Sie herzlich darum, mich zu den Räumlichkeiten von Monsieur Felix zu geleiten oder jemanden zu rufen, der mich dorthin führt.»

Meine unterwürfigen Entschuldigungen besänftigten ihn.

«Es ist ein schweres Vergehen, Monsieur», sagte er, «ein schweres Vergehen, meine Küche um diese Stunde zu betreten. Ich fürchte, Sie haben den neuen Auflauf, den ich soeben komponieren wollte, unrettbar verdorben.»

Ich war willens, vor dem gekränkten Künstler auf die Knie zu gehen.

«Es betrübt mich außerordentlich, in das Werk einer so hohen Kunst eingegriffen zu haben, die ich schon so oft an der Tafel Seiner Exzellenz bewundern durfte. Doch große Gefahren liegen hinter mir, und vor mir liegt ein dringlicher Auftrag. Werden Monsieur mir vergeben? Mitunter bezwingt die Notwendigkeit selbst das Werk der allerfeinsten Empfindsamkeit.»

Er verbeugte sich vor mir, ich verbeugte mich vor ihm – die Verzeihung war gewährt.

Plötzlich öffnete sich eine Tür – nicht die, durch welche ich eingetreten war –, und ein Mann erschien, den ich für einen Bediensteten hielt. Er versuchte, sich seine Livree überzuziehen, doch bei meinem Anblick ließ er sie wieder sinken. Ich glaubte, das Gesicht des Mannes zu erkennen, der aus jener Kneipentür gelaufen kam und versucht hatte, mir den Weg abzuschneiden.

«He, Mister Alphonse», brüllte er los, «helfen Sie mir, diesen Kerl festzunehmen. Die Polizei ist hinter ihm her.»

«Mein Freund, Sie vergessen wohl, dass eine Botschaft nicht dem englischen Gesetz untersteht und dass die Polizei hier keinen Zutritt hat», sagte ich. «Ich verlange, Ihre Exzellenz zu sprechen.»

«So läuft der Hase also bei Ihnen», rief der Mann. «Da können wir Ihnen aber helfen. Hier, Missjöh, machen Sie mit, wir schmeißen ihn einfach wieder raus auf die Straße. Zweihundert für uns, wenn wir ihn den Leuten vorwerfen, die ihn suchen.»

Der Koch schien verwirrt und auch ein wenig eingeschüchtert.

«Werden Sie ihnen gestatten, Ihre Küche – und noch dazu eine Botschaftsküche – zu entweihen – ohne Ihre Zustimmung?» fragte ich.

«Was haben Sie getan?» fragte er auf Französisch.

«Nichts, was der Botschafter nicht gutheißt», erwiderte ich in der gleichen Sprache. «*Messieurs les assassins* haben Übles mit mir vor.»

Er zögerte immer noch, während der junge Bedienstete sich mir näherte. Dieser wühlte in seiner Hosentasche, was mir gar nicht gefiel.

Nun war die Zeit gekommen, wo ich – wie die Amerikaner zu sagen pflegen – ein wenig mit der Waffe hantieren müsste; aber ach, ich hatte ja kein Gewehr! Stattdessen musste ich Verstärkung auf Seiten des Feindes fürchten, denn der Bedienstete war anfangs bei meinem Anblick ein paar Schritte zurückgelaufen und hatte jemandem etwas zugeflüstert.

Was noch alles hätte geschehen können, ich weiß es nicht – denn nun erschien wie in einem Schauspiel ein *deus ex machina* in Gestalt des Butlers Hewins.

«Hewins», sagte ich, «Sie kennen mich. Ich war oft hier zum Essen geladen, und Sie wissen auch, dass ich mit Monsieur Felix befreundet bin. Ich bin auf dem Weg zu ihm, um ihn in einer dringenden Angelegenheit zu sprechen, und aus verschiedensten Gründen musste ich das Gebäude durch die Küche von Monsieur Alphonse betreten. Könnten Sie mich wohl sofort zu Monsieur Felix bringen?»

Hewins verneigte sich, und auf seinem gleichmütigen Gesicht zeigten sich keinerlei Anzeichen von Überraschung. «Hier entlang, Sir», war alles, was er sagte.

Während ich ihm folgte, sah ich, wie der Bedienstete nervös mit irgendetwas in seiner Hosentasche herumspielte. Lumleys Agenten hatten offenbar nicht immer den Mut, seine Anweisungen buchstäblich zu befolgen, denn ich war mir sicher, dass der Befehl lautete, mich lebend oder tot abzuliefern.

Felix war allein, als ich ihn antraf, und ich warf mich in einen seiner Sessel. «Mein lieber Freund», begann ich, «wenn ich dir einen Rat geben darf, empfiehl doch Seiner Exzellenz, den rothaarigen Dienstboten zu entlassen.»

Mein Gefühl, Herr der Lage zu sein, kann ich auf eben diesen Augenblick datieren; endlich war alle Furcht von mir abgefallen. Seit Wochen lebte ich wie unter einer dunklen Wolkendecke, doch mit einem Mal erblickte ich wieder das helle Himmelslicht. Ich hatte eine Zuflucht gefunden. Was immer nun mit mir geschah, das Schlimmste war überstanden, denn ich hatte meine Aufgabe erfüllt.

Felix betrachtete mich neugierig, denn so, wie ich vor ihm saß – erschöpft, rot angelaufen und derangiert – bot ich einen Anblick, der schwerlich zu einem Londoner Nachmittag passte. «Die Dinge scheinen sich ja äußerst rasant entwickelt zu haben», sagte er.

«Das haben sie auch, aber ich denke, sie sind auch ans Ende ihres Weges gelangt. Ich möchte dich um einige Gefälligkeiten bitten. Zunächst habe ich hier ein Schriftstück, das gewisse Umstände klarstellt. Ich werde Macgillivray von Scotland Yard anrufen und ihn einladen, heute Abend um halb zehn hierher zu kommen. Sobald er eintrifft, händige ihm doch bitte das Schreiben aus und lass ihn alles unverzüglich lesen. Er wird dann schon wissen, was zu tun ist.»

Felix nickte. «Und was geschieht jetzt zuerst?»

«Gib mir doch bitte ein Formular für ein Telegramm. Es wäre mir lieb, wenn eine vertrauenswürdige Person umgehend für mich telegrafieren könnte.» Er reichte mir das Blatt, und ich formulierte aus dem Stand eine Nachricht an Lumley im Albany, in welcher ich ihm vorschlug, noch am selben Abend um Punkt acht Uhr bei ihm zu sein; ich bat ihn darum, mich zu empfangen.

«Und weiter?» fragte Felix.

«Als Nächstes und Letztes hätte ich gern ein Zimmer mit verschließbarer Tür, ein warmes Bad und gegen sieben Uhr etwas zu essen. Vielleicht darf ich ja sogar vom neuen Auflauf von Monsieur Alphonse kosten?»

Ich rief Macgillivray an, erinnerte ihn an sein Versprechen und berichtete ihm, was ihn um halb zehn erwartete. Dann wusch ich mich und schilderte Felix kurz die Ereignisse des Tages. Nie zuvor hatte ich mich so vollkommen zufrieden gefühlt, denn was auch immer geschehen würde, ich war überzeugt davon, Lumleys Spiel durchkreuzt zu haben. Mittlerweile wusste er sicherlich schon, dass ich die Botschaft erreicht hatte und dass alle weiteren Anschläge auf mein Leben und meine Freiheit vergebens waren. Mein Telegramm würde ihm zeigen, dass ich bereit war, Bedingungen zu stellen, und ich würde das Albany gewiss ohne Schwierigkeiten erreichen. Dem Treffen mit meinem Gegenspieler sah ich furchtlos entgegen, eher mit lebhafter Neugierde. Was diesen herausragenden Verbrecher betraf, hatte ich so meine eigenen Theorien, und ich hoffte, sie noch beweisen zu können.

Kurz vor sieben Uhr ging die Antwort auf mein Telegramm ein. Mr. Lumley erklärte, er freue sich außerordentlich auf meinen Besuch. Das Telegramm an mich war an die Botschaft adressiert, obwohl ich keinen Absender angegeben hatte. Natürlich war Lumley über jeden meiner Schritte unterrichtet. Ich stellte mir vor, wie er in seinem Sessel saß, einem Chef des Generalstabs gleich, und alle paar Minuten neue Berichte seiner Agenten empfing. Aber wie dem auch sei – selbst Napoleon erlebte sein Waterloo.

8. KAPITEL
DAS «KRAFTWERK»

Ich brach um viertel vor acht am Belgrave Square auf und folgte jener Strecke, die mir noch am Nachmittag so viele Schrecken bereitet hatte. Noch immer wurde ich beobachtet – was einem aufmerksamen Blick nicht entgehen konnte –, doch niemand näherte sich mir, jedenfalls nicht, so lange mein Weg in eine bestimmte Richtung wies. Die Unruhe war sogar so vollständig von mir abgefallen, dass ich vom Constitution Hill in den Green Park hinüberschlenderte und dort über den Rasen spazierte, bis ich gegenüber dem Devonshire House die Picadilly erreichte. Mittlerweile war ein leichter Wind aufgekommen, und der Abend war angenehm kühl. Unterwegs traf ich einige Bekannte, die sich zu Fuß auf den Weg zum Abendessen machten, und ich blieb stehen, um sie zu begrüßen. Angesichts meiner Kleidung nahmen sie wohl an, dass ich soeben von einem Ausflug aufs Land zurückgekehrt sei.

Ich erreichte das Albany, als die Uhr gerade acht schlug. Lumleys Zimmer befanden sich im ersten Stock. Offensichtlich wurde ich schon erwartet, denn der Portier geleitete mich persönlich dorthin und blieb an meiner Seite, bis ein Bediensteter die Tür öffnete.

Nun kennt man ja die Zimmer des Albany im spätgeorgianischen Neobarock – große, eckige, ein wenig unbeholfen dekorierte Räume. Lumleys Zimmer war ringsum mit Büchern bestückt, und ich bemerkte auf den ersten Blick, dass es sich um eine andere Art von Büchern handelte, als ich sie im Arbeitszimmer seines Landhauses gesehen hatte. Dies hier war die Sammlung eines Bibliophilen, und im Licht des Sommerabends erschienen die Reihen schlanker Bände in Pergament und Marokkoleder vor diesen Wänden wie wertvolle Gobelins.

Der Diener entfernte sich und schloss die Tür, und im gleichen Augenblick trat sein Herr aus einer kleinen Kammer heraus. Er war fürs Abendessen gekleidet und verbreitete mehr denn je die Aura eines bedeutenden Diplomaten. Erneut beschlich mich jenes Gefühl ungläubiger Verwunderung. Dies war jener Lumley, den ich zwei Abende zuvor beim Dinner erlebt hatte, befreundet mit Vizekönigen und Ministern. Es war gar nicht so einfach, diesen Mann mit der Antioch Street oder dem bewaffneten rothaarigen Dienstboten in Verbindung zu bringen. Oder gar mit Tuke? Aber ja, stellte ich fest, Tuke passte durchaus in diesen Rahmen. Beide waren kluge Geister, die das Band zu jenen Anstandsregeln durchtrennt hatten, welche das Leben erst möglich machen.

«Guten Abend, Mr. Leithen», begrüßte er mich freundlich. «Da Sie acht Uhr vorgeschlagen haben – darf ich Sie wohl zum Abendessen einladen?»

«Ich danke Ihnen», erwiderte ich, «doch ich habe bereits gegessen. Ich habe eine etwas unpassende Stunde gewählt, doch unsere Besprechung wird nicht viel Zeit in Anspruch nehmen.»

«So?» sagte er. «Sie sind mir wirklich jederzeit herzlich willkommen.»

«Und ich treffe mich lieber mit dem Herrn als mit seinen Domestiken, die mir letzte Woche das Leben zur Hölle gemacht haben.»

Wir lachten beide. «Ich fürchte, Sie hatten einige Unannehmlichkeiten, Mr. Leithen», sagte er. «Aber bedenken Sie auch, ich war fair genug, Sie zu warnen.»

«Richtig. Und ich bin gekommen, um Ihnen die gleiche Freundlichkeit zu erweisen. Jedenfalls ist dieser Teil des Spiels abgeschlossen.»

«Abgeschlossen?» fragte er und zog die Augenbrauen in die Höhe.

«Ja, abgeschlossen», sagte ich und zog meine Uhr hervor. «Lassen Sie uns ganz offen miteinander reden, Mr. Lumley. Wir haben wirklich keine Zeit mehr zu verschwenden. Da Sie ohne Zweifel die Papiere gelesen haben, die Sie meinem Freund heute Morgen entwendet haben, sind Sie sich ja mehr oder weniger über den Stand meiner Kenntnisse im Klaren.»

«Lassen Sie uns ganz unbedingt offen reden. Ja, ich habe Ihr Schriftstück gelesen. Eine außerordentlich gelungene Arbeit, wenn ich so sagen darf. Sie werden noch Karriere machen, Mr. Leithen. Doch dürfte Ihnen auch bewusst sein, dass Sie damit nicht sehr weit kommen werden.»

«In einer Hinsicht haben Sie durchaus recht. Ich bin nicht imstande, das gesamte Ausmaß Ihrer Straftaten aufzudecken. Über das ‹Kraftwerk› und seine Aktivitäten kann ich allenfalls Mutmaßungen anstellen. Andererseits befindet Pitt-Heron sich auf dem Heimweg, und er wird unterwegs gut bewacht. Ihre Kreatur, dieser Saronov, hat gestanden. Sehr bald schon werden wir mehr wissen, und bis dahin liegen mir zumindest klare Beweise vor, die Sie mit Anstiftung zum Mord in Verbindung bringen.»

Er antwortete nicht, doch hätte ich gern durch seine getönte Brille hindurch und in seine Augen geblickt. Mir schien, dass er nicht mit meiner Vorgehensweise gerechnet hatte.

«Mr. Leithen, Ihnen als Rechtsanwalt muss ich nicht erst erklären, dass manch ein Beweis, der sich auf dem Papier gut ausnimmt, später vor Gericht an Glanz verliert», beendete er sein Schweigen. «Sie dürfen nicht damit rechnen, dass ich mich brav auf Ihre Anklagepunkte einlasse und schuldig bekenne. Im Gegenteil, ich werde mit allen Möglichkeiten, die Verstand und Vermögen mir bieten, dagegen vorgehen. Sie sind ein begabter junger Mann, aber Sie sind dann doch noch nicht der hellste Stern am Firmament des englischen Justizwesens.»

«Auch das trifft zu. Ich leugne auch gar nicht, dass einige meiner Beweise im Laufe des Verfahrens an Kraft verlieren mögen. Es ist nicht einmal ausgeschlossen, dass Sie wegen irgendwelcher verfahrenstechnischer Zweifel freigesprochen werden. Dabei haben Sie nur eines übersehen: Vom Tage an, da Sie das Gericht verlassen, stehen Sie unter Verdacht. Die Polizei von ganz Europa wird sich auf Ihre Fährte setzen. In der

Vergangenheit waren Sie überaus erfolgreich – aber warum? Weil Sie hoch über jeden Verdacht erhaben waren, ein ehrenwerter und angesehener Gentleman, Mitglied der besten Clubs, der die auserlesensten Persönlichkeiten unserer Gesellschaft zu seinen Bekannten zählt. Nun aber wird man Sie verdächtigen, Sie sind ein ‹Mann mit Vergangenheit›, eine Hauptfigur dubioser Geschichten. Ich frage Sie – wie lange können Sie unter solchen Umständen noch erfolgreich wirken?»

Er lachte.

«Sie haben ein Talent zur Charakterzeichnung, mein Freund. Wieso glauben Sie, ich könnte nur im Rampenlicht der Popularität tätig sein?»

«Dieses Talent haben *Sie* erwähnt», sagte ich. «Wenn ich mir also Ihren Charakter betrachte – und ich denke, dass ich recht habe –, sind Sie so etwas wie ein Künstler des Verbrechens. Sie sind kein gewöhnlicher Mordgeselle, der aus Leidenschaft oder Gier handelt. Nein, ich denke, Sie sind etwas sehr viel Feineres. Sie lieben die Macht, die verborgene Macht. Sie schmeicheln Ihrer eigenen Eitelkeit, wenn Sie die Menschheit verachten und zum Werkzeug degradieren. Sie verachten das oberflächlich dahingeplapperte Halbwissen, das sich als Weisheit ausgibt, und ich will nicht einmal behaupten, dass Sie damit unrecht haben. Deshalb gebrauchen Sie Ihren Verstand, um die Pläne der Menschen zu vereiteln. Unglücklicherweise beruht aber das Leben vieler Millionen Menschen auf diesem Halbwissen, und deshalb sind Sie ein Feind der Gesellschaft. Nur fehlt eben ein gewisser Reiz und ein gewisses Aroma, wenn Sie wie ein Maulwurf im Dunkeln wühlen, um verborgene Fäden zu ziehen. Um das volle Aroma Ihrer Taten auszukosten, die Ironie dahinter, müssen Sie im Licht leben. Ich kann mir gut vorstellen, wie Sie innerlich herzlich lachen müssen über die Weise, wie Sie sich durch unsere Welt bewegen, alles mit den Lippen preisen und mit Händen streicheln, während Sie gleichzeitig mit Ihren Füßen die Requisiten zu Boden treten. Ich kann den Reiz durchaus nachempfinden. Aber dieses Spiel ist nun zu Ende.»

«Zu Ende?» fragte er.

«Zu Ende», wiederholte ich. «Das Ende ist gekommen – das letzte, äußerste und absolute Ende.»

Er machte eine plötzliche, ungeschickte und nervöse Bewegung und schob die Brille wieder näher an seine Augen heran.

«Was ist denn mit Ihnen selbst?» fragte er heiser. «Glauben Sie denn, Sie könnten gegen mich antreten, ohne selbst Blessuren davonzutragen?»

Er hatte plötzlich ein Kabel in der Hand, an dessen Ende ein Schalter befestigt war. Er berührte einen Knopf darauf, und ich vernahm einen entfernten Klingelton.

Die Tür befand sich in meinem Rücken, und er schaute an mir vorbei in ihre Richtung. Ich war ihm vollkommen ausgeliefert, wich aber keinen Zentimeter zurück. Ich weiß nicht mehr, wie es mir gelang, so ruhig zu bleiben, aber ich blieb es tatsächlich, und ohne sonderliche Mühe. Ich sprach einfach weiter und war mir durchaus bewusst, dass die Tür sich geöffnet hatte und jemand hinter mir stand.

«Es ist wirklich vollkommen überflüssig, wenn Sie versuchen, mich einzuschüchtern. Ich fühle mich sicher, weil ich es mit einem intelligenten Menschen zu tun habe und nicht mit einem gewöhnlichen Kriminellen von mäßigem Verstand. Sie wollen an mir keine alberne Rache nehmen. Wenn Sie Ihren Mann hereinrufen und mich hier erwürgen lassen, was hätten Sie damit gewonnen?»

Er blickte über mich hinweg, und die Leidenschaft – eine blitzartig aufgeflackerte Glut, einem epileptischen Anfall gleich – verschwand allmählich wieder aus seinem Gesicht.

«Ein Irrtum, James», sagte er. «Sie können gehen.»

Die Tür hinter meinem Rücken fiel leise ins Schloss.

«Ja. Ein Irrtum. Ich bewundere Sie nämlich durchaus, Mr. Lumley, und es täte mir leid, wenn ich enttäuscht würde.»

Er lachte wie ein ganz normaler Sterblicher. «Es freut mich, dass diese ganze Angelegenheit auf der Grundlage wechselseitigen Respekts abgehandelt werden kann. Nachdem die melodramatische Ouvertüre beendet ist, lassen Sie uns zum Geschäftlichen kommen.»

«Unbedingt», pflichtete ich ihm bei. «Ich habe versprochen, ganz offen zu sein. Nun, lassen Sie mich meine letzten Karten auf den Tisch legen. Um exakt halb zehn befindet sich ein Duplikat jenes Schreibens, das Sie heute Morgen an sich gebracht haben, in den Händen von Scotland Yard. Ich darf auch hinzufügen, dass die damit befassten Amtsleiter mich persönlich kennen und meinem Rat gemäß vorgehen. Wenn sie diese Erklärung lesen, werden sie das Nötige veranlassen. Sie haben also demnach anderthalb Stunden, oder sagen wir: eindreiviertel Stunden, um sich zu entscheiden. Sie können noch immer in Freiheit leben, aber nicht mehr in England.»

Er war aufgestanden und schritt im Zimmer auf und ab.

«Möchten Sie mir freundlicherweise eines erklärten?» fragte er. «Wenn Sie mich für einen, wie Sie es nennen, ‹gefährlichen Verbrecher› halten, wie können Sie es dann mit Ihrem Gewissen vereinbaren, mir eine Gelegenheit zur Flucht zu verschaffen? Es ist Ihre Pflicht, mich in die Hände der Justiz zu übergeben.»

«Das will ich Ihnen erklären», sagte ich. «Auch meine Rüstung hat einen verletzlichen Punkt. Ihrer besteht darin, dass Sie nur unter dem Deckmantel höchster gesellschaftlicher Ehren Ihre Triumphe genießen können. Diesen Mantel wird man Ihnen aber auf jeden Fall abnehmen. Mein schwacher Punkt heißt Pitt-Heron. Ich habe keine Ahnung, wie weit er sich mit Ihnen eingelassen hat, aber ich kenne einige seiner Schwächen und möchte verhindern, dass sein Leben zugrundegerichtet wird und dass man seiner Frau das Herz bricht. Er dürfte seine Lektion gelernt haben und wird Sie oder Ihre Pläne gewiss niemandem gegenüber je wieder erwähnen. Wenn es sich einrichten lässt, wird er nicht einmal erfahren, dass irgendjemand von seinem Geheimnis weiß. Der Preis für Ihre Gelegenheit zur Flucht besteht darin, dass Pitt-Herons Vergangenheit für immer ruhen darf.»

Er antwortete mir nicht. Er hatte seine Arme übereinandergeschlagen und wanderte im Zimmer auf und ab, und mir schien, als sei er schlagartig stark gealtert. Ich hatte das Gefühl, mit einem sehr alten Mann zu sprechen.

«Mr. Leithen», fuhr er schließlich fort, «Sie sind kühn. Sie beweisen eine Offenheit, die beinahe ans Geniale grenzt. Sie verschleudern Ihre Gaben an einen stupiden Beruf, doch Ihre Fähigkeiten zur theoretischen Spekulation reichen nicht ganz an Ihre sonstigen Talente heran, und so werden Sie Ihrem Beruf wohl treu bleiben, und logisch nicht begründbare Skrupel werden Sie daran hintern, Ihrer wahren Bestimmung zu folgen. Glauben Sie mir, Ihr wahres Metier liegt in dem, was phantasielose Köpfe ‹Verbrechen› nennen. Betrachtete man dies alles einmal ‹ohne Vorurteile›, wie idiotische Anwälte das zu nennen pflegen, dann würde sich wohl erweisen, dass wir beide unter wunden Punkten leiden. Ihrer Ansicht nach besteht meiner darin, dass ich nur tätig sein kann, indem ich die Konventionen jener Einrichtung nutze, die wir ‹Maschine› zu nennen beliebten. Daran mag etwas Wahres sein. Ihre Schwäche ist ein Freund, dem Ihre eigene eiserne Verschwiegenheit fehlt. Sie bieten einen Plan an, der uns beiden hilft, unsere Schwächen zu bewahren. Übrigens, worin besteht er eigentlich?»

Ich schaute auf die Uhr. «Sie haben noch reichlich Zeit, um den Nachtexpress nach Paris zu erreichen.»

«Und falls nicht?»

«Dann gibt es, fürchte ich, irgendwann zwischen zehn und elf Ärger mit der Polizei.»

«Was für uns beide sehr bedauerlich wäre. Wissen Sie, Sie interessieren mich ungemein, denn Sie bestätigen mir, dass meine Prognose vollkommen zutreffend war. Ich hatte immer eine Ahnung, dass ich zu meinem Leidwesen eines Tages jemandem wie Ihnen begegnen würde. Einem Mann mit herausragenden intellektuellen Gaben bin ich gewachsen, denn diese Art von Vernunft geht gewöhnlich einher mit einer hochgespannten Einbildungskraft, der ich Nahrung gebe. Das gilt auch für den Menschen mit einem Überschuss an Phantasie. Ja, Pitt-Heron gehörte zu dieser Kategorie. Gewöhnliche Menschen beunruhigen mich nicht, denn ich verwirre sie nur. Nun, Sie sind ein Mann von gewöhnlicher, aber solider Intelligenz. Verzeihen Sie bitte das Lauwarme dieses Satzes: Das ist wirklich ein großes Kompliment, und ich bin ein strenger Kritiker. Wären Sie nur dies und nicht mehr, wären Sie erfolglos geblieben. Sie besitzen darüber hinaus aber noch eine eher unbedeutende Imaginationsgabe: nicht genug, um Ihr inneres Gleichgewicht zu verlieren, aber genug, um zu bewerkstelligen, wozu Ihr Anwaltstalent allein nicht ausgereicht hätte. Sie haben ein Kunststück vollbracht, das nur sehr wenigen gelingt – Sie haben mich teilweise verstanden. Glauben Sie mir, ich habe wirklich Hochachtung vor Ihnen. Sie sind jener Stein im Zement unserer Zivilisation, von dem ich immer geahnt habe, dass ich eines Tages an ihm scheitern werde. Nein, nein, ich versuche nicht, Sie noch zu beschwatzen. Sollte ich annehmen, dass mir das gelänge, täte es mir leid, denn dann hätte ich mich in meinem Urteil geirrt.»

«Ich möchte Sie nur darauf hinweisen», sagte ich, «dass Sie kostbare Zeit verlieren.»

Er lachte fröhlich.

«Ich glaube, Sie sind ernsthaft um mich besorgt», sagte er. «Das ist tatsächlich ein Triumph. Wissen Sie, Mr. Leithen, es ist eine bloße Laune des Schicksals, dass Sie nicht mein Jünger geworden sind. Hätten wir uns früher kennengelernt, und unter anderen Umständen, hätte ich Sie bezwungen. Nur weil in Ihnen auch die Fähigkeit zur Jüngerschaft steckt, waren Sie mit Ihrem Widerstand erfolgreich.»

«Ich verabscheue Sie und alle Ihre Taten», sagte ich, «aber ich bewundere Ihren Mut.»

Er schüttelte sachte den Kopf.

«Sie wählen das falsche Wort. Ich bin nicht mutig. Um tapfer zu sein, muss man die Furcht besiegt haben, aber ich hatte nie eine Furcht, die ich bezwingen musste. Glauben Sie mir,

Mr. Leithen, ich bin Bedrohungen gegenüber gänzlich unempfindlich. Sie kommen heute Abend zu mir und halten mir einen Revolver an den Kopf. Sie bieten mir zwei Alternativen, von denen beide scheinbar in eine Niederlage führen. Aber woher wollen Sie wissen, ob ich sie wirklich als Scheitern empfinde? Für mein Geld hatte ich das, was man ‹einen guten Lauf› nennt. Niemand hat seit Napoleon solche Macht in Händen gehalten. Vielleicht will ich sie sogar ablegen. Das Alter schreitet voran, und die Macht mag zur Bürde werden. Vom gewöhnlichen Ehrgeiz der Menschen und von ihrer Zuneigung habe ich mich immer ferngehalten. Mag sein, dass ich Sie sogar als Wohltäter empfinde.»

Wenn man all diese Äußerungen niederschreibt, mögen sie nichtssagend klingen, doch sie waren klug gewählt, denn sie nahmen mir jede Freude an meinem Sieg. Es war nämlich kein leeres Geschwätz. In meinem Innersten spürte ich, dass er mit jeder Silbe die Wahrheit sprach. Und so spürte ich neben mir etwas von gewaltiger Größe – es fühlte sich an, als entweihe ein winziger Barbar die kolossale Zeus-Statue des Phidias mit seinem Kohlenhammer. Ich empfand dieses Große aber auch als unmenschlich, ich verachtete es und klammerte mich an diese Verachtung.

«Sie fürchten nichts und Sie glauben an nichts», sagte ich. «Es wäre besser gewesen, Sie wären nie geboren.»

Abwehrend hob er die Hand. «Ich bin in vieler Hinsicht ein Skeptiker», sagte er, «aber glauben Sie mir, auch ich kann Ehrfurcht empfinden. Ich huldige dem menschlichen Geist. Ich glaube an seine unbegrenzten Möglichkeiten, wenn man ihn nur frei wachsen lässt wie eine Eiche im Wald und ihn nicht in einen Blumentopf steckt und zum Zwergwuchs zwingt. Diesen Treubund habe ich nie gebrochen. Diesen Gott habe ich nie verleugnet.»

Ich zog meine Uhr hervor.

«Gestatten Sie mir noch einmal den Hinweis, dass die Zeit drängt.»

«Sehr richtig», sagte er lächelnd. «Der *Continental Express* wird nicht auf mein Geständnis warten. Ihr Plan ist gewiss durchführbar. Es mag aber andere und einfachere Wege geben. Ich bin mir nicht sicher. Ich muss nachdenken ... Vielleicht wäre es klüger, mich nun allein zu lassen, Mr. Leithen. Sollte ich Ihrem Rat folgen, wären verschiedenste Dinge zu erledigen ... In jedem Fall wäre noch viel zu tun ...»

Er führte mich zur Tür wie ein gewöhnlicher Gastgeber, der einen gewöhnlichen Gast verabschiedet. Ich entsinne mich noch, dass er im Vorbeigehen auf einige frühe venezianische Drucke deutete und mich auf ihre Schönheit hinwies. Er reichte mir sehr herzlich die Hand und machte noch eine Bemerkung über das gute Wetter. Das war meine letzte Begegnung mit diesem außerordentlichen Mann.

Ungeheuer erleichtert fand ich mich kurz darauf auf der Piccadilly und in der wohltuenden Gesellschaft von meinesgleichen wieder. Ich hatte mich während der vergangenen Stunde tapfer geschlagen, und doch hätte ich diese Begegnung nicht um alles Geld der Welt wiederholen mögen. Wie man sich in der Gegenwart einer reinen Intelligenz fühlt, im Angesicht eines Hirns, das sich von jeder menschlichen Rücksicht befreit hat? Man fühlt sich wie in der Gegenwart einer Schlange.

Ich fuhr zum Club und rief Macgillivray an und bat ihn, meine Erklärung nicht eher zu lesen, bis er am folgenden Morgen von mir gehört hätte. Dann fuhr ich zum Krankenhaus, um Chapman zu besuchen.

Der Volkstribun war furchtbar schlechter Laune, und die Schilderung meiner Erlebnisse besänftigte ihn kaum. Die Mitglieder der Labour-Partei sind strenge Prinzipienreiter, wenn es um Gesetzestreue geht, und das Unrecht, das ihm am Morgen widerfahren war, hatte sein Vertrauen in die öffentliche Sicherheit und Ordnung schwer erschüttert. Die Ereignisse an der Antioch Street waren aus seiner Sicht in Ordnung: Wer sich einmal aufs Melodramatische einlässt, muss mit solchen Entwicklungen rechnen. Doch dass ein Mitglied des Parlaments am hellichten Tage ausgeraubt wurde, und das in unmittelbarer Nähe des Hohen Hauses – das erschütterte die Grundfesten seines Glaubens. Körperlich war ihm nicht viel geschehen, und der Arzt versicherte, er werde schon am nächsten Tag wieder aufstehen können – aber seine Seele war umso schwerer verletzt.

Es kostete mich große Überredungsküste, ihn ruhig zu halten. Er verlange eine öffentliche Bloßstellung Lumleys, einen großen Prozess, eine bombastische Jagd auf Geheimagenten, das Ganze verbunden mit einer Rede im Parlament, in welcher er diese jüngsten Greueltaten des Kapitals aufzudecken gedachte. In düsterer Stimmung lauschte er meinen Bitten um Verschwiegenheit. Doch leuchtete der Grund ihm ein, und er versprach, aus Freundschaft zu Tommy kein Wort in dieser Angelegenheit zu verlieren. Ich wusste Pitt-Herons Geheimnis bei ihm gut aufgehoben.

Auf dem Heimweg stand ich auf der Westminster Bridge, als der Nachtexpress zum Festland gerade die Themse überquerte. Ich fragte mich, ob Lumley wohl im Zug sitzen mochte oder ob er einen der vielen anderen Wege vorzog, die er zuvor angedeutet hatte.

9. KAPITEL
DIE HEIMKEHRER

Über folgende Nachricht in der *Times* am nächsten Morgen war ich nicht wirklich überrascht.

Mr. Andrew Lumley war in der Nacht zuvor unerwartet an Herzversagen gestorben, und die Zeitungen erinnerten daran, welch großer Mann nahezu unerkannt in unserer Mitte gelebt hatte. Der Nachruf füllte beinahe zwei Spalten. Lumley war älter, als ich ihn eingeschätzt hatte – knapp siebzig –, und die *Times* pries ihn als einen Herrn, der im öffentlichen Leben jede Position hätte einnehmen können, die ihm beliebte – der es aber vorgezogen habe, nur einen kleinen Freundeskreis an dem teilhaben zu lassen, was seinem gesamten Land gutgetan hätte. Ich las von einem geistreichen Gelehrten, einem herausragenden Kunstkenner mit sozialem Gewissen und einnehmendem Charme. Dem Verfasser des Nachrufs zufolge hatten wir es geradezu mit dem Urbild eines kultivierten Liebhabers zu tun, einem zweiten William Beckford, aber mit größeren finanziellen Möglichkeiten und ohne die exzentrischen Neigungen des Vorgängers. Andeutungsweise war von wohltätigen Stiftungen die Rede, und man verlieh der Hoffnung Ausdruck, dass zumindest ein Teil der Sammlungen womöglich der Nation übereignet würde.

Die Boulevardblätter brachten das Gleiche auf ihre eigene Weise zum Ausdruck. Ein Nachruf nahm Abschied von einem zweiten Atticus, andere erinnerten an Maecenas und Lord Houghton. In den diversen Redaktionen wird man die Biographien berühmter Männer eifrig konsultiert haben. Selbst in jenem Revolverblättchen, das Chapmans Leuten nahestand, war davon die Rede, dieser Typus des Philantropen verkörpere zwar nur Dilettantismus und Amateurhaftigkeit und stehe für eine vergangene Ära, doch Mr. Lumley sei immerhin ein guter

Vertreter seiner Klasse gewesen und ein wahrer Freund der Armen. Vermutlich bekam Chapman einen Anfall, als er das las – und anschließend wird er wohl die konservative *Morning Post* abonniert haben ...

Es war nicht meine Aufgabe, den Mythos zu zerstören. Und ich konnte das auch gar nicht, selbst wenn ich es gewollt hätte, denn niemand hätte mir geglaubt, solange ich keine Beweise vorlegte, und diese Beweise durften eben nicht öffentlich werden. Zudem empfand ich durchaus so etwas wie ehrliche Gewissensbisse. Lumley hatte, wie er es nannte, für sein Geld einen guten Lauf gehabt, und ich wollte diesen Lauf zu einem achtbaren Abschluss bringen.

Drei Tage später ging ich zum Begräbnis. Es war ein wunderbares Ereignis. Zwei bedeutende Staatsmänner zählten zu den Sargträgern. Das Königshaus war vertreten, und wissenschaftliche Vereinigungen sowie zahllose prominente Persönlichkeiten hatten Kränze geschickt. Ein wenig befremdet lauschte ich einem festlichen Trauergottesdienst, einem Gottesdienst, wie er wohl nie zuvor einen so eigenartigen staubgewordenen Sterblichen gepriesen hatte. Während der Messe dachte ich an die weitläufige unterirdische Maschinerie, die der Verblichene gelenkt hatte und die nun einen Schrotthaufen abgab. Ich konnte mir ungefähr vorstellen, was sein Tod für jene Scharen von Gehilfen bedeutete, die seine Anweisungen blindlings befolgt hatten. Er war ein Napoleon, der keine Offiziere zurückließ. Vom ‹Kraftwerk› sah man keine Kränze und las man keine Nachrufe in den Gazetten, doch ich war mir sicher, dass diese Organisation ihre Macht verloren hatte.

De mortuis et cetera. Mein Werk war getan, und nun musste nur noch Pitt-Heron sicher zu Hause ankommen.

Von den drei Menschen in London außer mir, die in diese Geschichte eingeweiht waren – Macgillivray, Chapman und Felix – konnte ich mich auf die Verschwiegenheit der beiden Letztgenannten verlassen, und auch Scotland Yard ist nicht bekannt dafür, seine Kenntnisse öffentlich auszuposaunen.

Tommy musste natürlich früher oder später eingeweiht werden, darauf hatte er ein Anrecht; aber ich wusste auch, dass Tommy kein Sterbenswörtchen ausplaudern würde. Charles aber sollte annehmen, sein Geheimnis sei mit Lumley begraben worden, denn andernfalls wäre er niemals nach England zurückgekehrt.

Dies bedurfte noch einmal einiger Vorbereitungen, denn wir konnten ihn nicht direkt über Lumleys Tod informieren, ohne zu verraten, dass wir von der Verbindung zwischen den beiden wussten. Wir mussten einen Umweg wählen. Ich bat Felix, alles so einzurichten, dass die Nachricht an eine russische Zeitung telegraphiert und dort auf amtliche Anweisung hin veröffentlicht wurde, so dass Charles sie nicht übersehen konnte.

Die List gelang. Als ich ein paar Tage darauf am Portman Square vorbeischaute, offenbarte mir Ethel Pitt-Heron mit leuchtenden Augen, dass ihre Sorgen vorüber seien. Noch am gleichen Abend erreichte mich ein Telegramm von Tommy, in welchem er die Heimkehr der Reisenden ankündigte.

Es war das Jahr des chilenischen Schlichtungsverfahrens, und ich durfte vor der Britischen Regierung eine Kurzdarstellung des Sachverhalts abgeben; deshalb und wegen einiger Sondersitzungen des Parlaments blieb ich über das Ende der Sitzungsperiode hinaus in London. Die Aufregungen des Sommers waren mir nicht sonderlich gut bekommen, und ich fühlte mich damals ein wenig ausgelaugt und überarbeitet. An einem heißen Nachmittag im August traf ich Tommy wieder.

Die Sonne schien durch die Fenster meiner Kanzlei im Templerviertel, fast so wie damals, als er aufgebrochen war. Soviel ich weiß, zierte die West-Ham-Akte, die er damals so verächtlich überflogen hatte, immer noch meinen Schreibtisch. Ich war erhitzt und erschöpft und schlecht gelaunt, denn ich hatte die widerwärtige Aufgabe vor mir, ein jämmerliches Stückchen des südamerikanischen Grenzverlaufs auf einem halben Dutzend Karten zu vergleichen.

Plötzlich öffnete sich die Tür, und Tommy stolzierte herein, schlank und braungebrannt.

«Immer noch die gleiche Plackerei», rief er, nachdem wir einander die Hände geschüttelt hatten. «Burschen wie du vermitteln eine Vorstellung vom Begriff der Ewigkeit.»

«Immer das gleiche ereignislose Schreibtischdasein», erwiderte ich. «Nichts geschieht, außer dass ich in der Gebührenordnung nach oben rücke. Ich vermute, es wird auch nichts mehr passieren, bis der Schaffner erscheint, um die Fahrkarten einzusammeln. Vermutlich werde ich demnächst an Gewicht zulegen.»

«Ich sehe schon die ersten Anzeichen, mein Lieber. Du brauchst eine Aufmunterung, um nicht zu verfetten. Ein wenig Spannung täte dir ganz gut.»

«Und du?» fragte ich. «Ich gratuliere dir zu deinem Erfolg. Wie ich höre, hast du Pitt-Heron seiner leidgeprüften Familie zurückerstattet.»

Tommys fröhliche Augen wurden ernst.

«Es war das Abenteuer meines Lebens», sagte er. «Es war wie ein Kapitel aus *Tausendundeiner Nacht* mit einem Schuss Fenimore Cooper. Ich habe das Gefühl, als seien Jahre vergangen, seit ich England im Mai verlassen habe. Während du hier zwischen deinen muffigen Papieren hocktest, sind wir geritten wie die Kavallerie und haben Menschen sterben sehen. Komm doch einfach heute zum Abendessen und lass dir von unseren Abenteuern erzählen. Ich kann dir nicht die komplette Geschichte auftischen, denn die kenne ich gar nicht, aber es reicht, um dir die Haare zu Berge stehen zu lassen.»

Und nun gelang mir mein erster und letzter Triumph über Tommy Deloraine.

«Nein», sagte ich, «stattdessen wirst du bei mir essen, und *ich* werde dir die komplette Geschichte erzählen. Alle Unterlagen zu dieser Angelegenheit ruhen dort drüben in meinem Safe.»

ZEITTAFEL

1875   John Buchan wird am 26. August als Sohn eines calvinistischen Pfarrers im schottischen Perth geboren. Einen Teil seiner Schulzeit verbringt er in Glasgow.

1892   Studium der Klassischen Philologie in Glasgow und Oxford; nebenher veröffentlicht Buchan erste literarische Versuche.

1901   Privatsekretär des Hochkommissars für Südafrika. Nach der Rückkehr weitere schriftstellerische Arbeiten, juristische Studien und eine kurze Anwaltstätigkeit; außerdem arbeitet Buchan für Verlage.

1907   John Buchan heiratet Susan Charlotte Grosvenor, eine Cousine des Duke of Westminster; das Ehepaar hat vier Kinder.

1910   *Prester John,* Buchans erster Abenteuerroman

1914   Im Ersten Weltkrieg Kriegsberichterstatter aus Frankreich für die *Times* und Mitarbeiter der staatlichen Propagandaabteilung.

1915   *The Thirty-Nine Steps (Die neununddreißig Stufen)* wird Buchans bekanntester Roman. Es folgen noch fünf weitere Spionageromane um die Figur des Richard Hannay, hinzu kommen im Laufe der Jahre vier Romane mit der Hauptfigur Edward Leithen.

1916   *Greenmantle* (Roman)

1917   Nach Einsätzen beim militärischen Geheimdienst Ernennung zum Chef des Nachrichtendienstes *(Director of Information).* Nach Kriegsende zunächst angestellt bei der Nachrichtenagentur Reuters.

1927   Buchan wird als – konservativer – Vertreter der schottischen Universitäten ins britische Parlament gewählt.

1934   Buchan vertritt den König als *Lord High Commissioner* in der Generalsynode der Church of Scotland.

1935 König Georg V. ernennt Buchan zum Generalgouverneur von Kanada und verleiht ihm den Adelstitel «Baron Tweedsmuir». Der neue Gouverneur bereist das ganze Land, setzt seine schriftstellerische Tätigkeit aber weiterhin fort.
Alfred Hitchcock verfilmt *Die neununddreißig Stufen*.
1940 John Buchan stirbt am 11. Februar im kanadischen Montreal an den Folgen eines Schlaganfalls; er erhält zunächst ein Staatsbegräbnis in Kanada, bevor seine Asche nach Großbritannien überführt wird.

John Buchans Werk umfasst mehr als hundert Titel, darunter neben den Thrillern, Kriminal- und Abenteuerromanen auch historische Romane, Biographien, Essaysammlungen und wissenschaftliche Studien.